集齐作家榜经典名著
坚持自我 无惧荒诞
2025年5月藏
首版首印纪念章

作家榜经典名著
★★★★★★★★★★
读经典名著，认准作家榜

局外人

[法] 阿尔贝·加缪 著
秦三澍 译

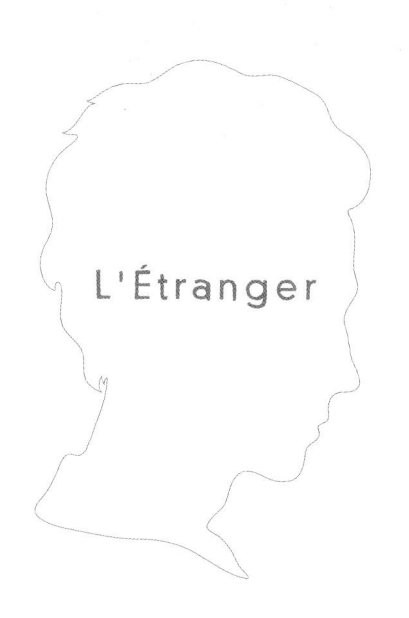

L'Étranger

四川人民出版社

在结局与开始之间，在生与死之间，在意义与无意义之间，在写作与诚实之间，在行为与动机之间，在反抗与秩序之间，加缪的《局外人》永远在追问。

戈岛

真理是神秘的、难以捉摸的，总是有待被征服；自由是危险的，道阻且长，却令人振奋。我们必痛苦而坚定地朝这两个目标迈进，就算虚弱也绝不能停在漫漫长路的半途。

——阿尔贝·加缪

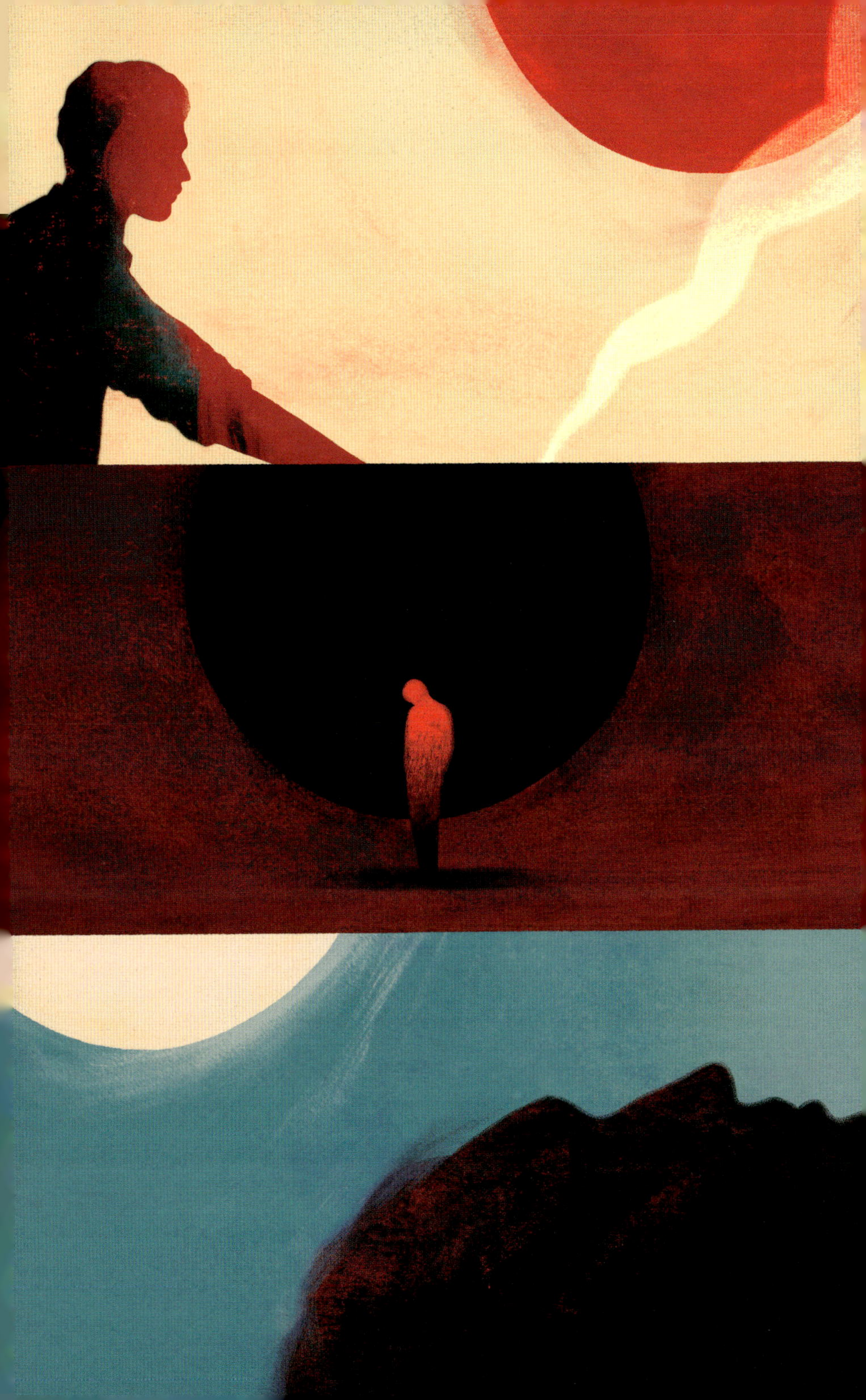

Aujourd'hui, maman est morte.
Ou peut-être hier, je ne sais pas.

今天妈妈死了。也许是昨天，我不清楚。

我甚至产生了滑稽的想法：他们在审判我。

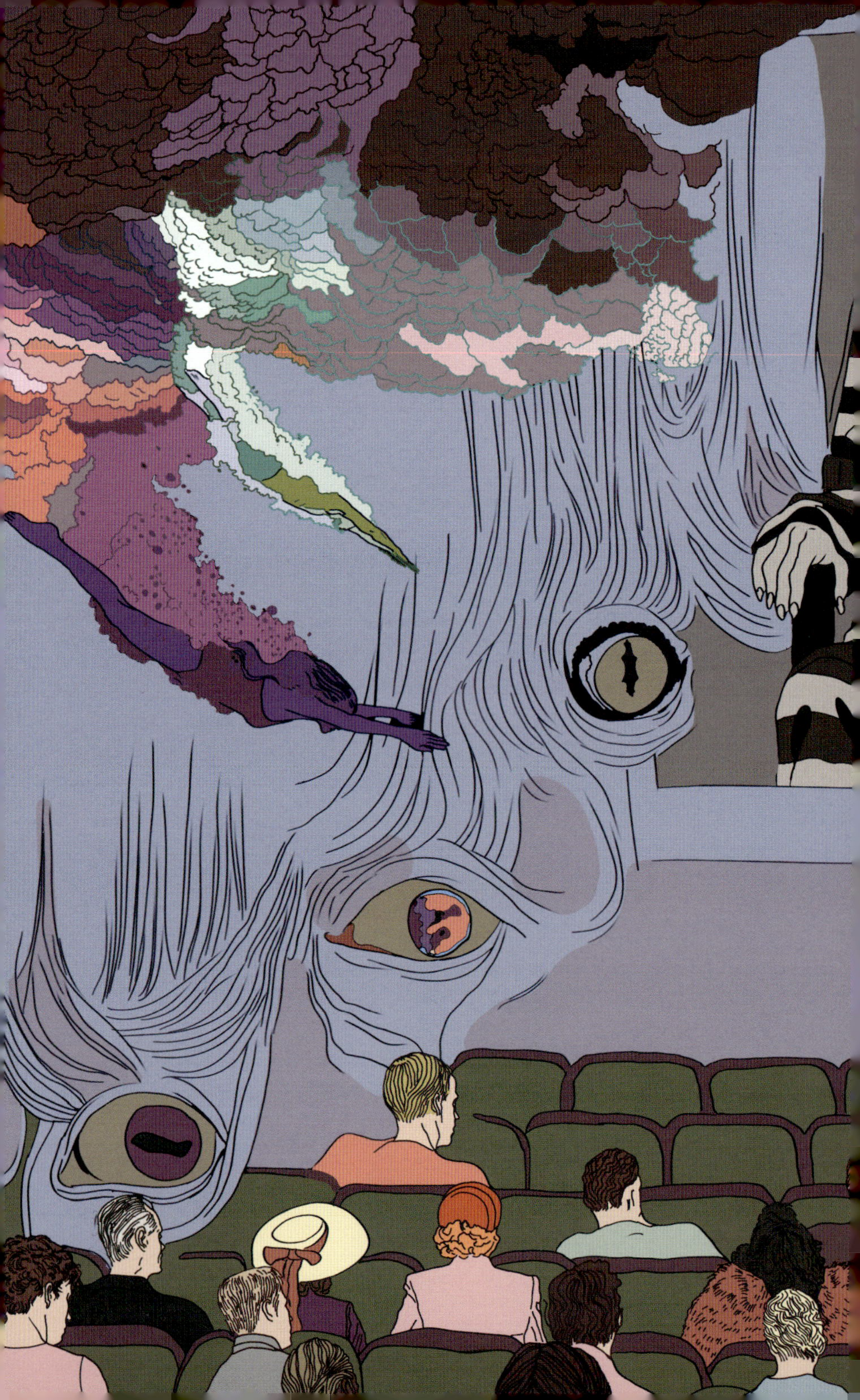

我俩双双游动了起来。
我问她想不想晚上一起看电影。

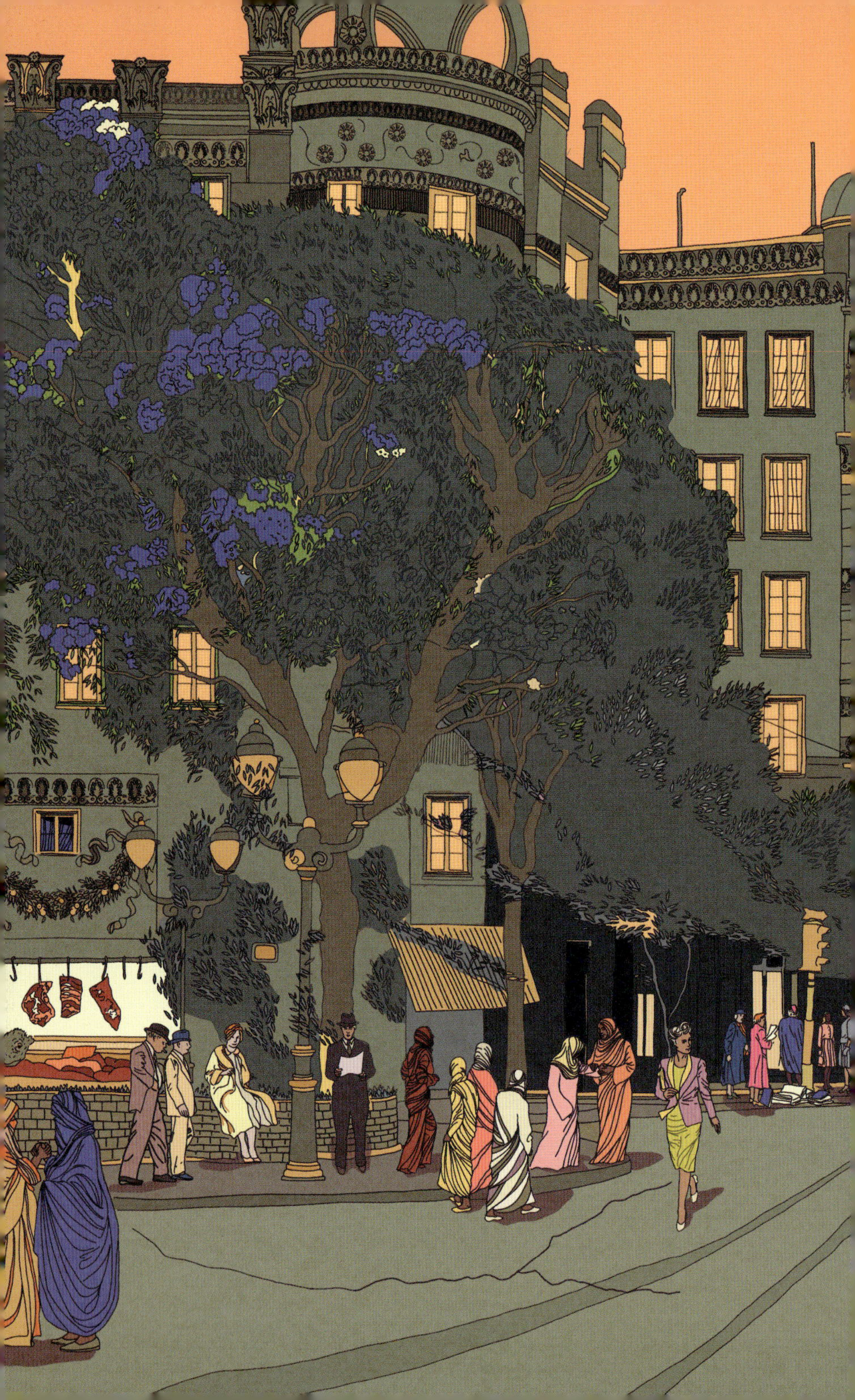

我的卧室能俯瞰市郊的主干道。
我一直坐在那儿凝视着天空。

老萨拉马诺终于看起来和他的狗有几分相像了。
他们看上去属于同一个种群,却憎恶着彼此。

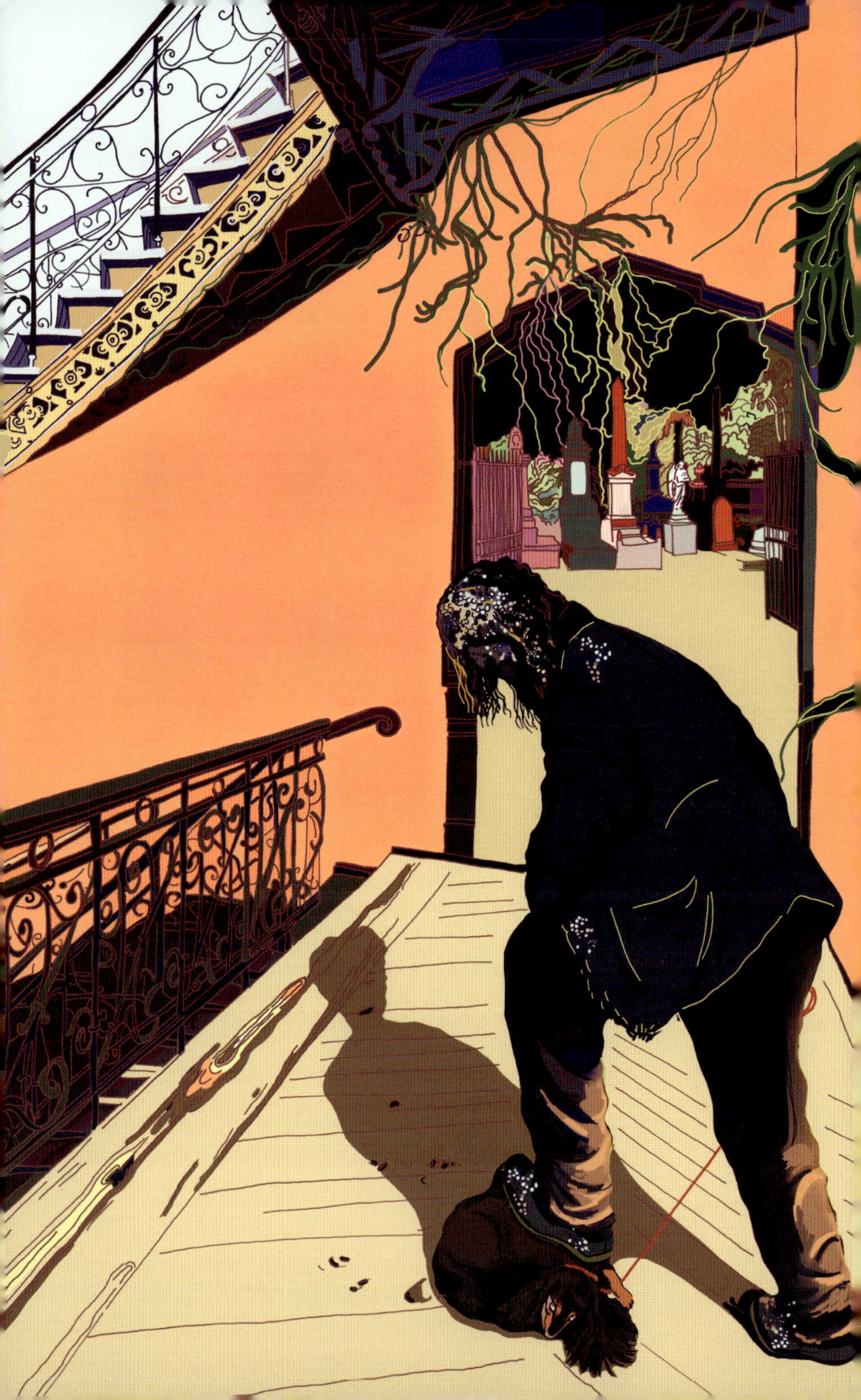

"为什么，为什么您要持续射击一具倒在地上的尸体？"
再一次，我不知如何回答。

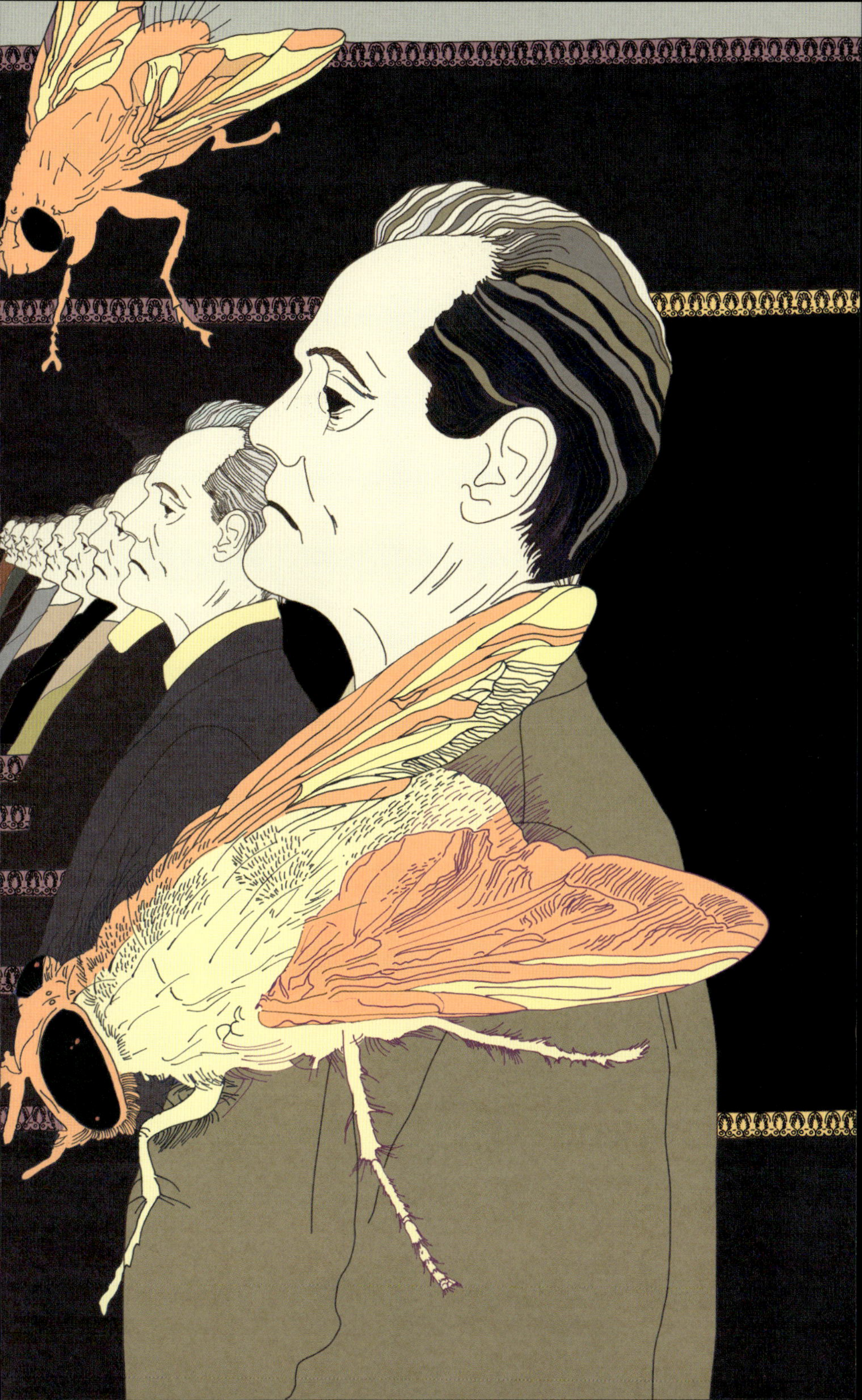

我如此焦渴地想起女人，想起女人们，
想起我认得的所有女人。
小小牢房里充斥着她们的面孔和我欲望的幽灵。

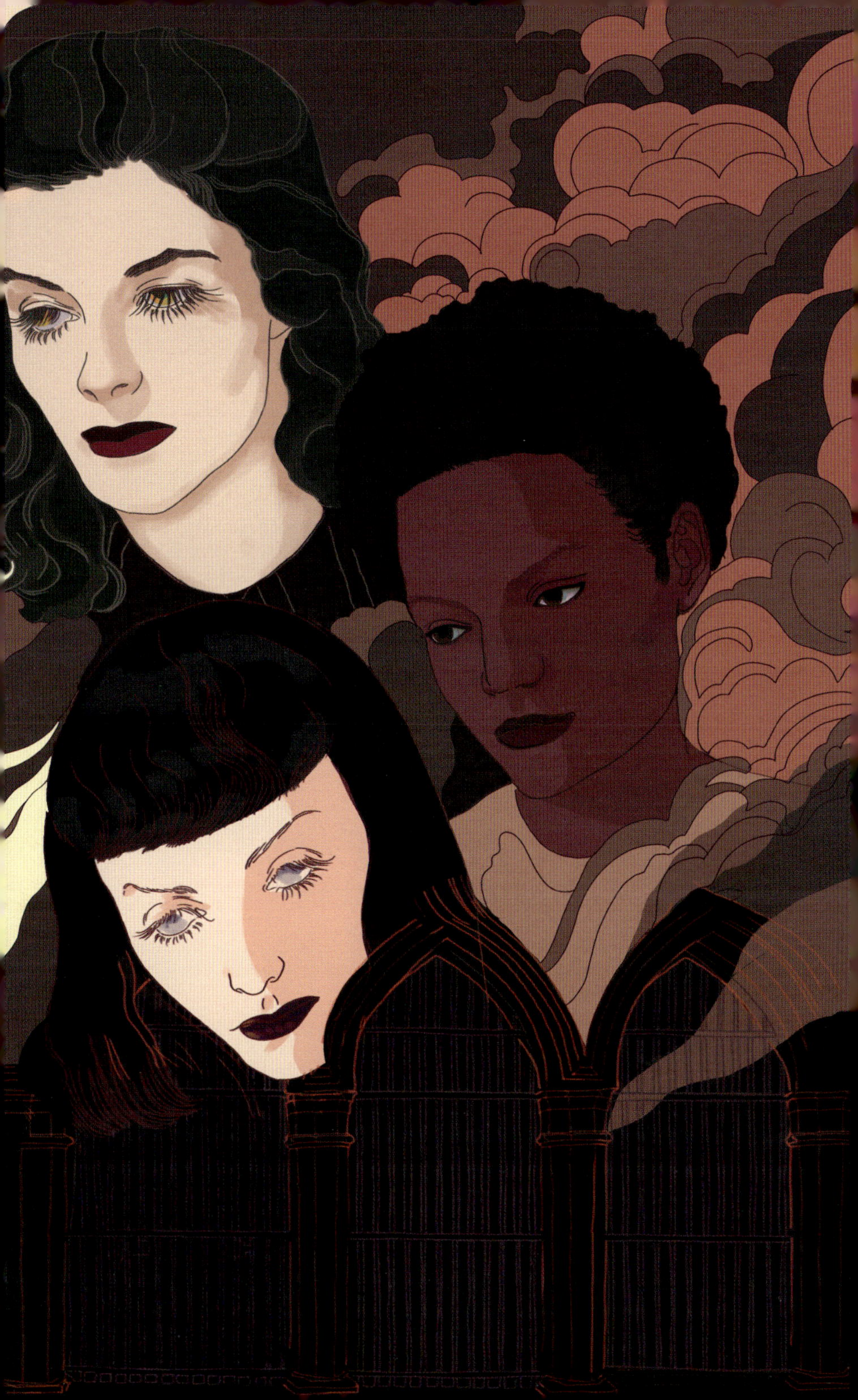

"先生们,情况就是这样,"他说,
"我已为你们画出了这起谋杀案的因果链。"

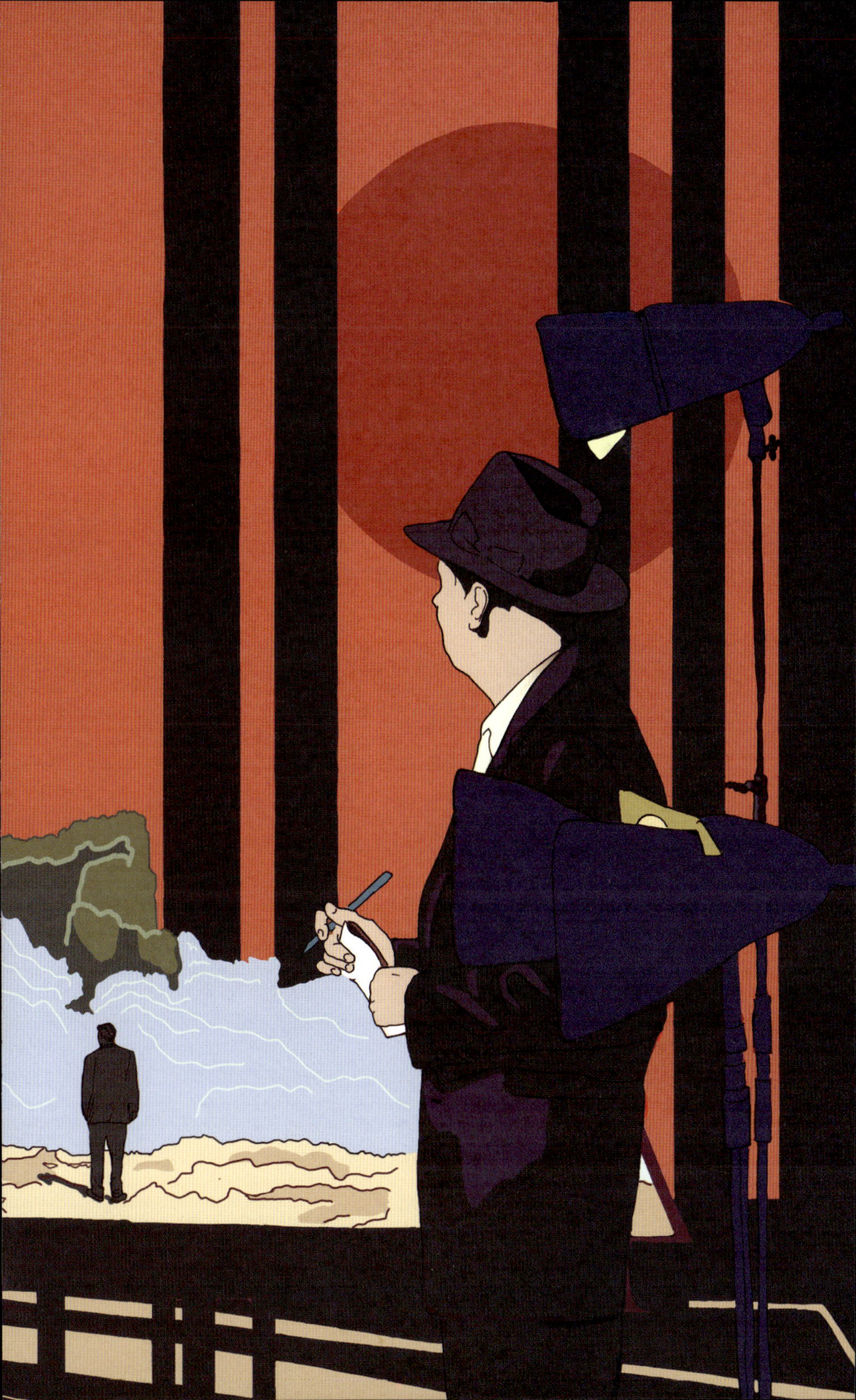

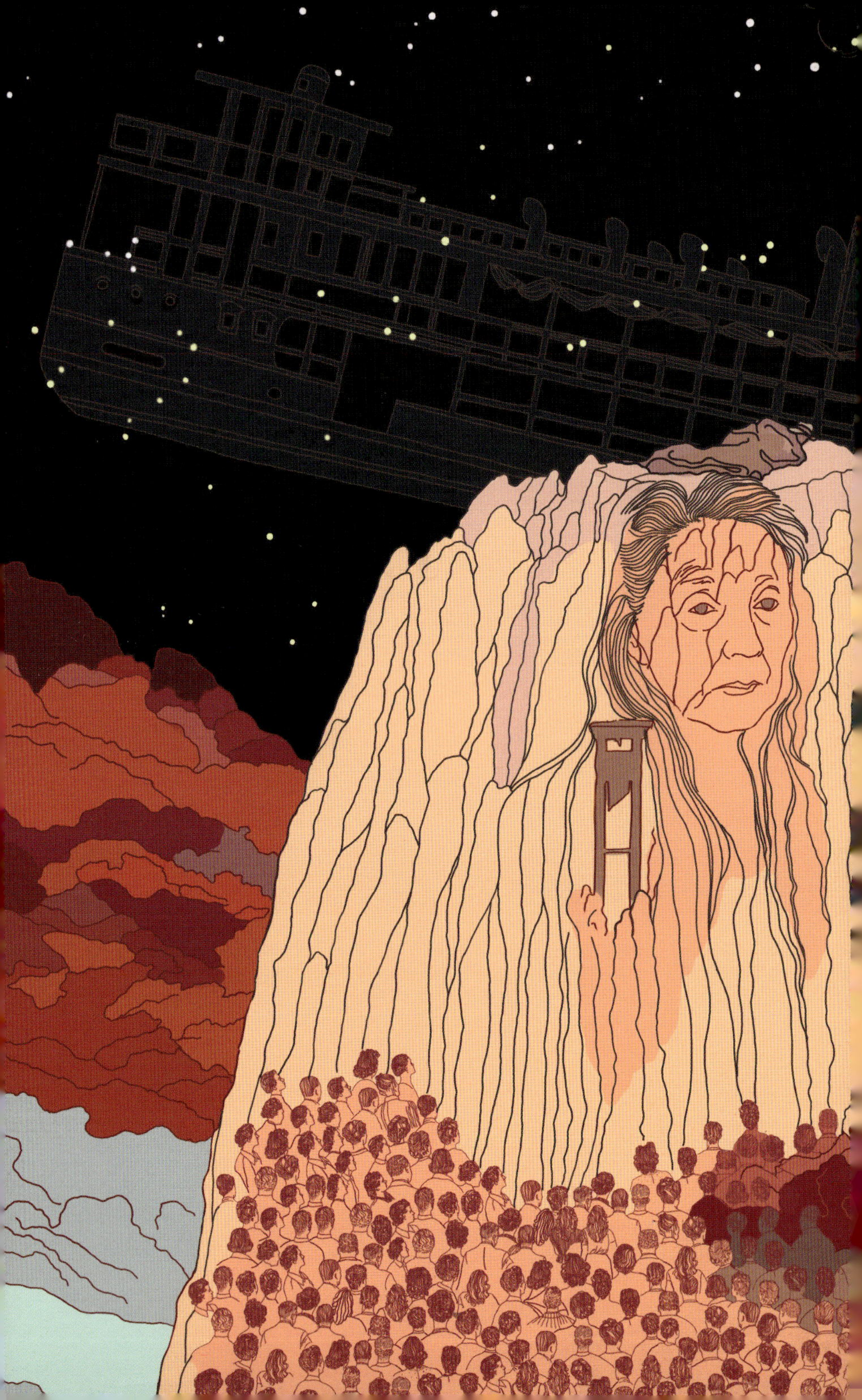

死亡近在咫尺,妈妈一定感到了解脱,并且为重生做好了准备。

无人——无人有权替她哀哭。

我亦如此,我已准备重新再活一遍。

目 录

第一部

002　Ⅰ　今天妈妈死了。也许是昨天,我不清楚。

017　Ⅱ　当阳光越来越炽热,她跳进水里,我紧随其后。

023　Ⅲ　我们在桌边坐下。一边吃,他一边跟我讲他的故事。

032　Ⅳ　不知道为什么,我想到了妈妈。

038　Ⅴ　人生不可能真正改变,每种人生都相差无几。

044　Ⅵ　我意识到自己摧毁了一种光的平衡。

第二部

058　I　被捕之后，我随即被审讯过好几次。

067　II　监狱俯瞰着整座城市，透过小窗我能看见大海。

077　III　被告之所以遭到指控，到底是因为他给母亲送葬，还是因为他杀了人？

092　IV　他急匆匆地针对挑衅开始了辩护，然后也谈论起了我的灵魂。

101　V　我前所未有地敞开了自己，将自己交付于宇宙那温柔的冷漠。

附　录

118　《局外人》美国版自序
120　1957年诺贝尔文学奖颁奖致辞
124　诺贝尔文学奖加缪获奖演说
130　译后记：一个名字与无数个替身
144　加缪年表

第一部

I

今天妈妈死了。也许是昨天,我不清楚。养老院发来电报:"母逝。明日葬。此致。"等于什么都没说。兴许是昨天吧。

养老院位于马朗戈,距阿尔及尔八十公里。我打算坐两点钟的巴士,下午能到。这样就赶得上守夜,然后明晚返程。我跟老板请了两天的假,他没理由不批准。不过他确实不太高兴。我甚至都说了"这不是我的错",他也没吱声。我就压根不该提这事儿。不过总体说来,我觉得没什么好抱歉的。他本就该来慰问我。不过,等后天他看见我戴着孝,准会这么做。此时此刻,妈妈像是还没死。相反,等葬礼办完,一切尘埃落定,才会显示出应有的严肃感。

我搭乘的是两点的公共汽车。天很热。跟往常一样，我去瑟莱斯特的餐馆吃饭。他们全都为我悲痛，瑟莱斯特跟我说："每个人都只有一个妈妈。"离开时，他们一直把我送到门口。我疏忽大意，忘记上楼跟艾玛纽埃尔借黑领带和袖章。就在几个月前，他刚刚失去了叔叔。

我跑步前进，生怕耽搁了行程。匆匆忙忙，又是一路小跑，加上路途颠簸，混合着汽油味儿，还有路面和天际的反光，搞得我晕乎乎的。几乎睡了整整一路，醒来时，发现自己靠在一个军人身上，他冲我笑笑，问我是不是远道而来。我懒得多说，就答了一声"是的"。

养老院离村镇两公里远。我步行前往。我想赶紧见到妈妈。但看门人说，必须先跟院长碰个面。他很忙，我就等了一小会儿。这期间，看门人一直陪着我叙话，随后我见到了院长——他在办公室接待了我。他是个身材矮小的老头，胸前佩戴着荣誉军团勋章，发亮的眼睛直盯着我。他久久握住我的手，我不知道怎样才能把手抽回来。他查阅了一份文件，跟我说："默尔索夫人是三年前送到这儿来的。您曾经是她唯一的经济来源。"我猜他是想责怪我什么，便开始辩解。但他打断了我："您不用急着解释，我亲爱的孩子。我看了您母亲的档案，您并不能满足她的需求。

她需要一个护理员,您的工资收入却不算高。总之,她待在这儿要更幸福一些。"我说:"是的,院长先生。"他接着说:"您知道,她有自己的朋友,有同龄人做伴。她可以跟他们分享过去时代的话题。您太年轻,她跟您在一起会觉得无聊。"

的确如此。妈妈在家时,喜欢静静地盯着我看,这样就能消磨一整天。刚住进养老院时,她经常哭。仅仅因为不习惯。几个月后,要是把她领出养老院,她倒要号啕一场了。依旧是习惯使然。最后一年我几乎没去探望她,一部分原因也在于此。当然也因为探望一次就要占用整个星期天,还没算上搭公交车、买票、路上耽搁两小时的辛劳。

院长还在喋喋不休,可我压根没听进去。接着他说:"您肯定想去看看您母亲。"我一言不发地起身,他抢在前面走到门边。楼梯里,他跟我解释说:"为了不惊扰到别人,她被转移到小停尸房了。每逢有人过世,其他人都要紧张个两三天,给我们的管理造成了不便。"我们穿过院子,老人们正三五成群地闲聊。当我们经过时,他们就噤声了。待我们走远,才重新拾起话头,就像雌鹦鹉低声地叽叽喳喳。院长在一幢小楼门口与我道别:"请自便吧,默尔索先生,我在办公室随时恭候您。原则上,葬礼定在上午十点。我想您应该会为死者守灵的。对了，您母亲似乎跟朋友们提过，想按宗教仪式来入葬。我已安排妥当，但还是想提前知会您一声。"我向他道了谢。妈妈虽说不算是无神论者，但活着的时候也从没想到过宗教。

我走进去。房间很敞亮，墙面用石灰粉刷白，还有一面彩绘玻璃窗，外加几把椅子和X型支架。两个架子摆在中央，支起一口加盖的棺材。棺材上只能看得清那些磨亮的、快要损坏的螺丝钉，松垮地铆在漆了褐色染料的棺木上。棺材旁，是一位身着白色罩衫的阿拉伯女护士，头上披着的绸巾颜色鲜亮。

这时，看门人走进来，站在我背后。他大概是跑着过来的，结结巴巴地说："她被盖起来了，但我该把螺丝钉拧下来，让您看看。"他走近棺材，但我阻止了他。他说："您不想看看吗？"我说："不想。"他停下动作，我有点忐忑，觉得自己不该那么说。沉默了一会儿，他盯着我问道："为什么呢？"但毫无责备的意思，像是在问他自己。我说："我不知道。"他捻了捻花白的小胡髭，眼睛从我身上移开，表示"我明白"。他有一双淡蓝色的漂亮眼睛，脸有点发红。他递给我一把椅子，自己则坐在比我稍稍靠后的位置。护士站起来朝门口走去。看门人突然对我说："她得的是溃疡病。"我没太听明白，就盯着女护士看，发现她眼睛下面绑了一条绷带，一直绕到后脑勺。鼻子的那个位置，绷带是平塌塌的。她脸上只有绷带的白色清晰可辨。

她出去以后，看门人说："您还是一个人待着吧。"我不清楚自己做了一个怎样的手势，结果他笔直地站在我身后。他待在这儿让我不舒服。傍晚曼妙的霞光洒满了房间。两只大胡蜂紧贴玻璃窗嗡嗡作响。我感觉自己被阳光击败了。我背对着看门人说："您在这儿工作很久了吗？"他立刻答道："五年"——似乎一直在等我提出这个问题。

之后，他就打开了话匣子。倘若有人对他说，他会在马朗戈养老院当一辈子的看门人，他定会惊诧不已。他六十四岁了，巴黎人。他说到这，我打断他说："哦，您不是本地人？"这时我想起，他领我去见院长之前还谈起妈妈的事。他说最好尽早下葬，平原上热得很，尤其是这个地区。也就是说，他让我了解到他曾住在巴黎，并且，这件事令他终生难忘。巴黎人有时会跟死人共处三四天。而这里，人们耗不起这么多时间，也不会生出在柩车后面跟着跑的念头。他妻子提醒他："闭嘴，这些事儿没必要跟那位先生提起。"老男人涨红了脸，请我原谅。我劝解他说："没什么，没什么。"我觉得他讲的一切既合理又有意思。

在那间小停尸房里,他告诉我,他是以贫民身份来到这家养老院的。他觉得自己身体挺强健,就自愿承担了看门人的职责。我插嘴说,总之他算是被养老院收容的人。他说不是。我早先就注意到,谈及那些住在养老院的人,包括一些比他更老的人时,他喜欢用"他们""其他人"来指代,偶尔说"那些老人"。不过,自然是有些差别的。身为看门人,他在某种程度上比他们更有权力。

护士此刻走了进来。转眼就到了晚上。夜色在窗玻璃上越来越厚。看门人旋动电灯开关,突然迸溅的光几乎刺瞎我的眼。他邀我去公共食堂吃晚饭,但我不饿。他就说给我倒一杯加奶的咖啡吧。我一向喜欢奶咖,接受了他的好意。不一会儿,他端着一只盘子回到我身边。我喝了。然后我想抽烟。但我犹豫了一下,不知该不该当着妈妈的面这么做。我略微想了想,觉得无关紧要。我也递给看门人一支,跟他一起抽着。

突然,他对我说:"您知道的吧,您母亲的朋友们也会参加守夜。这是惯例。您得去搬一些椅子来,还有黑咖啡。"我问他能不能关掉一盏灯。强光映在白墙上让我很疲惫。他说不行。起初装修时灯就是这样设计的,要么全关,要么全开。后来我就没怎么留意他了。他出去了一趟,又回来布置椅子。在其中一把椅子上，咖啡壶摆在中央，杯子围绕摆放。然后他坐在我对面，我们之间隔着妈妈。护士也在房间尽头，背对我。我看不清她在做什么。但根据她胳膊摆动的样子，我猜是在织毛衣。屋子里很温和，咖啡让我身上暖洋洋的，夜色和花香飘进了敞开的门。我好像打了一阵子瞌睡。

一阵窸窸窣窣的声响惊醒了我。我睁开眼，房间迸发出更亮的白光。我眼前没有一丝阴暗，面前的每一个物件、每一个角落，所有的弧线都清晰到刺眼。就在此刻，妈妈的朋友们都进来了，总共有十来个人，在刺眼的光芒中静静挪动有如滑行。他们全都坐下，椅子却没发出丝毫的吱嘎声。我像是平生第一次仔细地观察人，他们脸上、衣服上没有任何细节从我眼前漏掉。然而我听不到他们的声响，几乎难以相信他们是真实存在的。几乎所有女人都穿着罩衫，用来保持身形的束腰绳则让她们隆起的腹部更显眼了。此前，我从未注意到老女人的肚子。男人们几乎都很枯瘦，都拄着手杖。他们脸上最让人印象深刻的特征是看不见他们的眼睛，唯有皱纹形成的凹槽中央隐约透出一丝黯淡的微光。待他们就座，大部分人看着我，局促地朝我点头，抑或仅仅是抽搐。我更愿意相信他们在致意。此时，我发现他们都围在看门人身边，面朝我坐着，微微摆头。有一阵子我甚至产生了滑稽的想法：他们在审判我。

过了一小会儿，一个老太太哭了起来。她坐在第二排，同伴挡住了她的脸。她小声地啜泣，节奏感很强，似乎难以让自己停下来。其他人就像什么都没听到似的，消沉，忧郁，安静。他们盯着棺材或自己的拐杖，或者其他随便什么东西，但他们只盯着一样东西。老太太还在哭。我很诧异，因为并不认得她。我宁愿听不到她的哭声。但我没胆量去说。看门人弯腰对她说了些什么，但她一面摇头一面嘟哝着，继续用同样的节奏哭泣。看门人于是走过来，坐在我身侧。沉默了一阵子，他开口向我澄清，虽然眼睛没朝着我："她跟您母亲很亲密。她说那是她在这儿唯一的朋友，现在她一无所有了。"

就这样，我们枯坐了良久。老太太的叹息和啜泣愈加弱了。她开始用鼻子大量吸气。她终于累垮了。我不觉得困了，但很累，腰疼。现在，所有人的安静让我难以忍受。我偶尔只能听到一声异响，却弄不清究竟什么在响。时间久了，我终于猜到，一定是有老者吮吸着自己腮帮的内侧，让一些奇怪的咂嘴声不慎逃逸出来。他们意识不到这一点，因为早就沉浸在自己的冥思中。我此前甚至有这样的印象：

这位死者,这位躺在他们中间的死者,在他们眼中不具有任何意义。但我现在确信那是个错误的印象。

我们一一将看门人端上的咖啡饮尽。然后,我就什么都不知道了。黑夜在流逝。我记得又一次睁开眼时,老朽们互相依靠着睡了,只有一个人把下巴抵在手背上,手里紧紧攥着拐杖,凝视着我,像是一直在等我醒来。然后我又睡了。我再次醒来则是因为腰部越发疼了。黎明从窗外掠过。少顷,其中一个老人醒来,咳得很厉害。他把痰吐进方格图案的手帕,每吐一口,都像要把肺咳出来了。他叫醒了其他人,看门人说他们该走了。他们起身。难受的一夜把他们熬得面如死灰。令我诧异的是,他们每个人临走时都跟我握手——仿佛这个我们未曾交换过只言片语的夜晚,无形中增进了我们之间的亲密。

我累极了。看门人把我领回他家,我终于能稍微梳洗一番了。我又喝了一杯加奶的咖啡,味道还不错。离开时,天彻底亮了。在将马朗戈和大海隔开的山岗上,天空泛着红光。风从高处拂掠着这些绯红,带来盐的味道。晴天还在酝酿。我好久没来乡下了,倘若没有妈妈这档子事儿,能独自散散步是何等的愉悦啊。

但我选择待在院子里,等着,在一棵梧桐树下。我呼吸着新鲜土地的香气，现在不困了。我想起办公室的同事们。这个点，他们正起床去上班，对我而言这永远是个艰难的时刻。我还联想了一些诸如此类的事情，但楼里响起的钟声吸引了我的注意。窗子后面是一阵搬家具的喧闹，随后一切归于平静。太阳又往空中爬升了一点点，我的脚都开始被烤热了。看门人穿过院子告诉我，院长叫我去一趟。我去了他办公室，他要我在几份文件上签字。我看见他穿着一身黑，裤子是横纹的。他拿起电话，问我："负责殡仪的人来了一阵子了。我叫他们去把棺材合上，在此之前您要不要再去看您母亲一眼？"我说不用。于是他压低嗓音，在电话里吩咐道："菲雅克，让他们过去吧。"

然后他说他会协理入葬仪式，我道了谢。他坐在办公桌后面，把一双短小的腿叠在一起。他提醒我，过会儿去现场的只有我和他，外加一个护士当帮手。原则上，院内老者都不去帮着下葬。他只让他们守灵，"这关乎人道问题。"他说道。不过在今天的情形下，他倒是同意了妈妈的一个年迈的朋友托马·佩雷的请求，他想跟着柩车去扶灵。说到这儿，院长微微一笑。他说："您懂的，这里面有种孩子气的感情。他跟您母亲几乎形影不离。养老院的人都开他俩的玩笑，跟佩雷说'这可是您的未婚妻啊'他就笑。

他们还挺开心的。说真的,默尔索夫人的死确实让他情绪上大受震动,我实在没理由拒绝他的请求。不过,照着驻访医生的意见,我没让他参加昨天的守灵。"

我们沉默了许久。院长起身,透过办公室的窗子往外看。他突然看到了什么:"马朗戈的神甫到了。他来得有点早。"他说去镇上的教堂起码要步行三刻钟。我们下了楼。楼前站着神甫和两个唱诗班的孩子。其中一个孩子手提香炉,神甫蹲下来,帮他调好银链的长短。我们一到,神甫马上站起来。他称我为"我的儿子",跟我说了几句话就进去了,我紧随其后。

我一眼就注意到铆钉已经楔进了棺材,房间里还有四个黑衣人。同时,我听见院长跟我说,柩车就停在路边,神甫开始祈祷了。从此刻起,一切都运转得快了起来。那几个男人拿着一袭柩罩走向棺材。神甫,唱诗班的孩子,院长,还有我,一起走出去。大门前,我碰到一个不相识的太太。"这是默尔索先生。"院长说。但我没听清她的名字,只知道是护士代表。她点了点头,瘦长的脸上不带一丝笑容。随后我们排好送别遗体的队列。我们跟在搬运工后面走出了停尸间。大门口有一辆马车,锃亮,狭长,闪着光,让人联想到一只文具盒。车旁站着葬礼的主事者,一个矮个子男人，穿得很滑稽，另有一位老人显得手足无措。我知道这就是佩雷先生了。他戴了一顶软塌塌的圆顶毡帽，侧翼很宽（棺材经过时，他摘掉了帽子），穿着一套西装，裤子绞缠堆在鞋面上，黑布领结在衬衫白领的衬托下显得过于纤巧了。他的嘴唇在布满黑点的鼻子底下颤动。纤细的白发盖不住那形状奇特、耷拉着的耳朵，耳朵的边缝也有些粗糙，鲜红地搭配在苍白的脸上，让人过目难忘。主事者给我们指定了位置。神甫走在前面，随后是柩车。围着柩车的是那四个男人。后面是院长和我，走在最后面的是护士代表和佩雷先生。

阳光已洒满天际。它开始向地面施压，温度在迅速上升。我不明白为何等这么久才动身。深色衣服让我酷热难耐。被人群挡住的那个矮个子老人又把帽子摘了下来。我一边听院长谈论他，一边朝他那个方向微微侧身，看他。院长说，晚上我母亲和佩雷先生经常在护士的陪同下到镇上散步。我观察着周围的乡村。山坡上松柏的林线直达天际，透过林子，能看见棕红土壤也染着斑驳的绿色，房子稀疏，但画面感很好，我能体会妈妈的感受了。傍晚踏上这片土地，应该算是一种令人感伤的休憩。今天，满溢的阳光摇颤着景色，赋予它不近人情、惹人消沉的模样。

我们开始往前走。就在此刻，我发现佩雷先生腿有点跛，走得很慢。柩车渐渐加速，老人被甩到了后面。围绕着柩车的那群人里，有一个跟不上速度的，索性跟我并排了。太阳竟然这么快就爬到了高空，我很吃惊。我发现整个村子都沉浸在歌声中：虫鸣和草丛里的噼啪声混在一起。我脸上流了汗。我没戴帽子，只好拿手帕来扇风。那名殡仪公司的雇员跟我讲着一些闻所未闻的事。同时，他左手攥着手帕擦自己脑袋，右手则把鸭舌帽的帽檐往上掀了掀。我问他"怎么了"，他指着天空一个劲地说"鬼天气"。我说"是啊"。过了一会儿，他问我："那里面是您妈妈？"我又说："是啊。""她年纪挺大吗？"我答道："还好吧。"其实记不得具体的岁数了。然后他沉默了。我转过头，看见老佩雷在我们身后大概五十米开外。为了加快脚步，他拿整条胳膊扶稳自己的毡帽。我也观察了一下院长。他走路的样子尽显端庄，丝毫没有赘余的小动作。汗水在他前额结成了细细的水珠，他却没有揩去。

队列似乎挪动得快了点。周遭是同样被阳光浸透的村子。太阳明晃晃的，亮得让人无法忍受。就在那一阵，我们途经一段新近修缮的公路。阳光把柏油都晒裂了。我的脚就像陷进沥青里，又将发亮的油渣翻了出来。那顶丢在马车顶篷上的车夫的硬皮帽,像在这黝黑的污泥里鞣过。时而蓝、时而白的天空和这些单调的颜色让我有点眩晕——裸露的泥渣那黏湿的黑色,衣服黯淡的黑色,柩车油漆的黑色。这一切,阳光,马车散发出的皮革和粪便的气味,清漆味,乳香,一夜失眠的困倦,都让我眼昏头晕。我再次扭过头,佩雷好像远远地隐现在一团热气中,再然后就一点儿都瞧不见他了。我用视线去搜寻他,发现他早已偏离了主路,在农田里横穿。道路似乎在我面前转了个弯。我明白了,佩雷对这一片很熟,他试图抄近道,以便追上我们。转弯时他已经跟了上来,但又被甩在后面。他只好继续横穿农田,折腾了好几个来回。而我呢,我感觉血液在太阳穴里翻腾。

这一切发生得如此仓促,如此确切、自然,我竟一点都回想不起来了。唯独记得一件事:进村庄的时候,那位护士代表跟我讲了话。她独特的嗓音跟她的脸毫不搭调,有点发颤,但富于音乐性。她说:"要是我们慢慢走,就有中暑的风险;倘若走得太快,到了教堂就可能感冒。"说得没错。真是进退两难。我还能回忆起当天的另外几幅图像,比如,佩雷在村庄附近最后与我们会合时的那张脸:不安的情绪激发出硕大的泪珠,就要流过面颊了。不过,泪水被脸上的皱纹阻挡着，没能流下来，而是在饱受摧残的脸上铺展、汇聚，形成一层如水般清透的釉质。我还记得桥两侧路边的村民，墓地石碑上的红色天竺葵，佩雷的昏厥（我们说他像个脱臼的木偶人），撒在我母亲棺材上的血红色的土，土里交缠的白色根茎，还有人群，说话声，村庄，咖啡馆门前的等候，不停打鼾的发动机，最终，公交车驶进了洒满阿尔及利亚阳光的住所，我想我该跳上床，睡上十二个小时。

II

　　一觉醒来，终于明白当我向老板请两天假时，他看起来不大高兴的缘故了——今天是礼拜六。我当时大概是忘了，但起床后就想起来了。我老板自然而然地以为我请的是四天假，包含双休日，这很可能就是他不满意的原因。但妈妈的葬礼定在昨天而非今天，原本就不是我的过错；再说，无论如何我还有双休日可以歇息。当然，这并不妨碍我理解老板的心情。

　　昨日累了一整天，今天起床就不大容易。我一边刮胡子，一边思考要干些什么，最后决定去游泳。我乘电车去港口边上的公共浴场。我潜入一条泳道。那里有不少年轻人。玛丽·卡多娜也在水里，她以前是我办公室里的打字员，我对她颇有好感。好感是相互的，我想。但她不久就离职了，我们也没时间发生点什么。我帮助她爬上了一只救生圈，手擦到了她的胸。我仍待在水里，她已经翻过身，平躺在救生圈上。她面朝我。她的发丝遮住了眼睛，她止不住地笑。我把自己往上挪了点儿，和她并排躺着。天气不错，我半开玩笑地把头往后伸了伸，枕在她的肚皮上。她一句话没说，我也就继续枕着。镀金的蓝色天空统统进入我的眼睛。我能感觉到玛丽的肚子在我脖子下面轻柔地伏动。我们就保持那样的姿势，待了很久，半睡半醒。当阳光越来越炽热，她跳进水里，我紧随其后。我逮住了她，将手臂环绕她的腰际，我俩双双游动了起来。她还是笑个不停。在码头边，当我们擦干身子时，她说："我可晒得比你黑。"我问她想不想晚上一起看电影。她再次笑了起来，说想看一部费南代尔演的电影。我们穿好衣服，她看我戴着黑领结，露出愕然的神色，问我是不是在服丧。我告诉她我妈妈去世了。她问是什么时候的事，我说"昨天"。她瑟缩了一下，但没做什么额外的评论。我想对她说这不是我的错，但还是忍住了，因为我想到此前也是这么跟老板说的。那不能说明什么。无论如何，人人都有点负罪感的。

傍晚时分，玛丽已经把这些忘光了。电影里有些段落相当有趣，但不免荒唐。她把腿压在我的腿上。我轻轻蹭着她的乳房。临近散场时，我吻了她，虽然体验不好。走出电影院，她径直去了我家。

醒来时，玛丽已经走了。她说过要去拜访她姑母。我意识到今天是礼拜天，真恼人。我一点儿也不喜欢礼拜天。我在床上翻了个身，想闻闻长条枕上是否残存着玛丽发丝间的盐味，结果一觉睡到十点。之后我就躺在床上抽烟，一直抽到正午。我并不想像往常那样去瑟莱斯特店里用餐，他准会问个没完没了，挺讨厌的。我给自己煎了几个蛋，直接从煎锅里捞起来吃了，没有配面包，因为家里没有剩下的面包，况且我也不想下楼买。

用完午餐，我觉得有点儿无聊，在大房子里乱逛。妈妈还在世时，它一度是实用的。现在这房子对我来说太大了，我该把餐桌搬到自己卧室里。现在我只住这间房，房间里摆着几把轻微凹陷的柳条椅，壁橱的镜子已经发黄，此外还有一个梳妆台、一张铜床。其他东西就随意扔在那儿。过了一会儿，因为无事可做，我就捡起一张旧报纸来读。我剪下柯卢申嗅盐的广告，粘在一个旧笔记本上，里面全是我从报纸上搜罗来的好笑的东西。洗了把手，我终于站到了阳台上。

我的卧室能俯瞰市郊的主干道。下午阳光很好，但人行道有点打滑，途经的人很少，形迹匆匆。我看见出来散步的一家人：两个小男孩穿着海员服，短裤过膝，他们被裹在这身僵硬的行头里显得有点局促，还有一个小姑娘戴着大大的粉色蝴蝶结，脚穿黑色漆皮鞋。站在身后的是他们的母亲，一个体形巨大、身穿栗色丝质裙子的女人。父亲则是个虚弱的瘦小男子，我见过不止一次。他戴着窄边草帽，系了领结，拄着手杖。看到他和他的妻子，我明白邻居们为什么说他看上去气度不凡了。过了一小会儿，几个郊区男青年经过此地，油光水滑的黑发，系着红领带，身穿夹克衫，口袋里露出一截刺绣手帕，脚蹬方头皮鞋。我想他们是去城里看电影，所以他们才早早动身，一面欢声笑语，一面匆匆赶路去搭电车。

他们消失之后，整条街就渐渐冷清下来。各色节目都登场了吧，我想。只有一些店铺老板和几只猫留守在街上。天空高悬在路两侧的榕树上方，纯净，但缺乏光泽。对面的人行道上，烟草店老板搬了把椅子放在门前，叉开腿坐下，两条胳膊搭在椅背上。刚刚拥挤不堪的电车现在空荡荡的。烟草店隔壁，一家叫作"皮埃罗"的小咖啡馆里，服务员正在寂寥的室内清扫着木屑。真是十足的星期天景象啊。

我学着烟草店老板,把椅子转过来,我发现这样更舒服。我又抽了两根烟,进屋取了一块巧克力,又回到窗边吃了起来。不久,天色愈来愈暗,一场夏日暴风雨或许就要来了。但一会儿工夫又恢复了明亮。乌云飘过大街,像在部分地履行下雨的承诺,天色变得更黯淡了。我一直坐在那儿凝视着天空。

五点钟的时候,电车驶来,巨大的噪声随之而至。它们从郊区的体育馆运来一拨拨挤在踏板上、紧攥护栏的观众。后续的电车上则塞满了运动员,我从那些小行李箱看出他们的身份。他们大吼大叫,声嘶力竭地高歌——说他们的俱乐部就像太阳永不落。有几个还向我挥手。一名运动员甚至冲我喊:"我们把他们打得落花流水!"我点了点头,仿佛在说"是的"。自那之后,路面上开始车水马龙了。

白昼又延续了一阵子。屋顶上空天色泛红,夜幕降临,街道也热闹了起来。外出散步的人陆续回来了。我在人群中认出了那位样貌不凡的男人。孩子们要么大哭不止,要么就被拖着走。紧接着,本地电影院里突然有一大波观众涌上街头。有些年轻人比平时更亢奋,我猜他们看的是部历险片。从城里看电影回来的人们抵达得晚一些。他们看起来严肃得多。他们还有说有笑,但渐渐流露出既疲惫又凝神的样子。他们流连在大街上,走到人行道对面去。附近的年轻姑娘们手挽手,没有戴帽子。男青年们聚集在特定位置,为了跟姑娘们打个照面,讲几句俏皮话,她们笑着扭过头去。有几个我认识的姑娘还朝我打了招呼。

刹那间,街灯齐刷刷地亮起,削弱了夜空中最早出现的那批星光。我看久了灯火通明的大街和人群,眼睛不禁累了。潮湿的步道在路灯下泛着幽泽,每隔几分钟,电车的影子就会映照在某人闪亮的头发上,笑靥上,或是一串银质手链上。渐渐地,往返的电车越来越少,整个街区也一点点地变空,直到第一只猫缓缓爬过路面,一切重归于寂寞。我想,该吃晚饭了。在椅背上靠了太久,脖子不太舒服。我下楼买了点面包和面条,做好饭,站着把它吃完。想在窗边再抽一支烟,但天转凉了,我觉得有点感冒,于是就关上了窗。转身回房间时,我瞥见窗玻璃映出餐桌的一角,桌上摆着我的酒精台灯和几片面包。我心想,又一个礼拜天要结束了,妈妈已经入葬,我也得回去上班了,说到底,一切都还是老样子。

Ⅲ

我今天在办公室里很勤快。老板也待我很客气。他问我会不会太累,还询问了妈妈的岁数。我说"六十多吧",怕搞错了。不知为什么,他流露出一种松了口气的神色,像是认定了此事终于告一段落。

提货单在我桌子上堆成了小山,我得把它们都处理一遍。十二点,我洗了把手,然后离开办公室去吃午饭。这是一天中我最喜欢的时刻。傍晚就没那么可爱,厕所里的滚轴毛巾都湿透了,用了一整天都没人来换。我曾向老板提过这件事。他的答复是,他为此抱歉,但这终究是个无关紧要的枝节。我下班稍晚了一点,十二点半才跟发货处的艾玛纽埃尔一起出门。从办公室能直接远眺大海,我们观察着货轮在骄阳的炙烤下进港,看得入了神。就在此时,一辆卡车伴随着链条哗啦啦的响声驶来,听起来像爆炸了一样。艾玛纽埃尔问我"要不要过去看看",我就跑了起来。卡车呼啸而过,我们跟在后面追。噪声和扬尘把我淹没了。我几乎什么都看不见,只能感觉到自己混乱地一路狂奔,我的周围是绞盘和机械部件,是半空颠簸的船桅和一些大船壳儿。我腾空一跃,率先跳到了卡车上。我帮艾玛纽埃尔爬了上来。卡车在不平整的码头路面上颠了一路,冲进烈日和尘土,我们喘得上气不接下气。艾玛纽埃尔笑到窒息。

到了瑟莱斯特的餐厅,我们依旧大汗淋漓。瑟莱斯特一如既往地挺着大肚子,系着围裙,蓄着白胡子。他问我"还算顺利吗",我说顺利,还说我饿了。我狼吞虎咽完毕又来了杯咖啡。午餐时喝了太多酒,回家后我就打了个盹,醒来时又想来根烟。那时很晚了,我跑着去赶电车。整个下午我都在工作。办公室热得要命,傍晚离开时,我很高兴我能沿着码头慢慢散步回家。天空呈一种绿色,我快乐极了。我径直回家,不过是想给自己煮些土豆吃。

在漆黑的楼道里我遇见了老萨拉马诺,他是跟我住同一层的邻居。他牵着狗。他养了它八年,总是形影不离。

那只可卡犬得了一种皮肤病，我认为是疥疮，它的毛差不多掉光了，满是红斑和棕色的结痂。他俩常年在逼仄的小屋里共处，老萨拉马诺终于看起来和他的狗有几分相像了。他脸上也有淡红色的硬皮，头发稀疏、发黄。而狗则从主人那里习得了驼背的体态，嘴巴前突，脖子紧绷。他们看上去属于同一个种群，却憎恶着彼此。一天两次，上午十一点和下午六点，老头会雷打不动地出去遛狗，整整八年，散步的路线从未变过。你能在里昂路上撞见他们，狗拽着老萨拉马诺直到把他绊倒。他就一边揍狗，一边骂。受惊的狗匍匐在地，任人一路拖着它。这时轮到老头猛拽它一把。狗一下忘得精光，又遛起了他的主人，再次被辱骂被殴打。于是，他们就在步道上僵持着，对视，狗神色惊恐，而老头一脸嫌弃。日日皆是如此。狗想撒尿的时候，老头不给它足够的时间尿完就拉紧狗绳，狗只好在他身后留下一串尿迹。倘若狗不小心尿在房间里，又要遭一顿打。这种光景持续了八年。瑟莱斯特总是说"真不幸"，但终究谁也不清楚是怎么一回事。我在楼梯上撞见老萨拉马诺时，他正忙着骂狗："下流坯！烂货！"狗低声呜咽。我跟他道"晚上好"，但老头继续骂骂咧咧。我问他狗犯了什么错。他没回答我。他只会重复着"下流坯！烂货！"我大概猜到了怎么回事，因为他俯下身，整理着狗项圈上的什么东西。我提高了音量。他压根头也不回，语气里带着一丝压抑的怒火："屡教不改。"然后他牵着狗离开了，狗拖着四只爪子跟在后头，呜呜直叫。

就在那时，同楼层的另一个邻居也来了。街坊们都说他是个吃软饭的。每次你问他从事什么工作，他就说是"仓库管理员"。总的来说，他不讨人喜欢。但他经常跟我聊天，偶尔还来我家小坐，因为我愿意倾听。我觉得他的话挺有意思。何况我也找不出拒绝和他交谈的理由。他叫雷蒙·桑特斯。生得矮，肩膀宽，长着拳击手式的鼻子。他常常穿得很光鲜。有次我们聊到老萨拉马诺时，他也说："真不幸！"还问我有没有觉得倒胃口，我说没有。

我们一起上楼，准备跟他道别时，他说："我搞到一些猪血肠和红酒，您要不要过来尝尝？"我想这样就用不着自己做晚餐，便答应了。他家也只有一间卧室和一间没窗子的厨房。高出床的墙面上摆着红白相间的小天使泥塑，还挂着几幅体育冠军的照片、三两张裸女的快照。房间里很乱，床铺也没整理。他点燃了油灯，从口袋里掏出一卷肮脏不堪的绷带包扎他的右手。我问他怎么回事。他说他和某个找碴儿的家伙打了一架。

"您知道的，默尔索先生，"他说道，"我不是坏人，但性子很躁。那家伙跟我说'要是你算个男人，就从电车上滚下去'。我说'得了，闭嘴吧'。他说我不算个男人。我下了电车，跟他讲'你够了，省省吧，不然我帮你长点记性'。他还问我'你想怎么着'，我一拳打过去。他闷声倒地。我想过去扶他一把，但他躺在地上踹我。我用膝盖顶了他一下，又扇了他两巴掌。他那张脸血迹斑斑。我问他服不服气，他说'服了'。"

说话那会儿，桑特斯一直在整理着绷带。我坐在床上。他说："您懂的，我才不要给自己惹麻烦。是他先惹的事儿。"确实如此，我深表赞同。他说，他就是想咨询我，碰上这种事该怎么处理。他说我是男子汉，又深谙生活之道，肯定能帮上他，然后我们就会成为朋友。我什么都没回答，他又问了我一遍，愿不愿意跟他做朋友。我说我不介意，他看上去挺开心。他端出猪血肠，放在炉子上煮，又摆好玻璃杯、盘子、刀叉和两瓶酒。一切都安静地进行着。我们在桌边坐下。一边吃，他一边跟我讲他的故事。起初他还吞吞吐吐的。"我结识了一位女士……也可以说是我的情人。"那个跟他打架的就是这女人的兄弟。他告诉我，是他一直在养她。我没吱声，他马上就说起自己晓得邻居议论他的流言，但他确实在一家仓库当管理员，问心无愧。

"接着说我的故事吧，"他说，"我发现她骗了我。"他给了她足够的生活费，甚至还帮她付了房租，给她一天二十法郎买吃的。"三百法郎房租，六百法郎的伙食费，时不时买几双丝袜，加起来也有一千法郎了。而且她没有工作。她认为理所当然，还说光靠我接济的钱根本活不下去。我就问她：'为什么不找个半天的兼职做做？那样就能减轻我的一些小笔开支。这个月我给你置办了一套新衣服，我每天给你二十法郎，帮你交了房租，而你呢？你跟朋友喝下午茶，你给他们又送咖啡又送糖，我就负责给你掏钱。我一直待你够不错的了，你却对我很差劲。'但她还是不出去工作，总说她搞不定，种种这般让我觉得自己受了骗。"

接着，他跟我讲述他如何在她的包里翻到一张彩票，她怎么也不肯说从哪里搞来的。过了一阵子，他又在她家里发现了典当两条手链的"收据"。他一直不知道她还有手链。"我彻底看清了她一直在骗我。所以我离开了她。不过我先揍了她一顿。然后我跟她挑明这一切的真相。我说她想要的无非是消遣。您懂的，默尔索先生，我这么跟她讲的：'我给你的幸福，别人看着都嫉妒，你却什么都看不见。你以后就会明白跟我在一起有多快活。'"

他把她打得流了血。此前，他从未伤过她。"过去也打过，但可以说，打得充满柔情。她会哭一会儿。我就关紧百叶窗，每次都这样收场。但这次是正儿八经地打。我觉得对她的惩罚还远远不够。"

他解释说，他想就此咨询我的意见。他停下来，去拨弄烧焦的油灯灯芯。我一直在听他讲。我差不多喝了整整一升酒，太阳穴烧得滚烫。我抽了不少雷蒙的香烟，因为我身上一根不剩。末班电车经过，把郊区的噪声带往更远的地方。雷蒙继续说下去。他最苦恼的是他对他姘头还有感情，但他想给她点脸色瞧瞧。他最初想到的是带她去宾馆开房，然后通知"扫黄警队"过来，搞臭她的名声，把她登记成妓女。他去找道上的朋友帮忙。他们也没想出什么好主意。就像雷蒙向我指出的，小流氓们到了关键时刻总是派不上用场。他把这话跟他们挑明，他们建议在她脸上"留点记号"。但这实在非他所愿，还需再考虑考虑。首先，他想问我一些事情。但在那之前，他想知道我对整个故事怎么看。我说我没什么评价，只是觉得很有趣。他问我觉不觉得这里面存在着欺骗，我表示似乎确有欺骗，至于她该不该受罚，以及换作我会怎么做，我回答说，这种事没有确定的答案，但我能理解他想惩罚她的那种心情。

我又抿了一口酒。他点了一根烟,将他的计划娓娓道来。他想给她写封信,在信里"先迎头猛击她几下,再让她悔恨不已"。待她回到身边,他要先睡了她,"快要完事的时候"往她脸上啐口痰,把她轰出去。我觉得这确实算得上惩罚了。但雷蒙觉得自己没能耐写那样一封信,想请我帮忙执笔。见我没吭声,他问我是否介意当机立断,现在就把这事儿干完,我同意了。

他饮尽一杯酒,随即起身。他把餐盘和一口没动的香肠推到一边,仔细擦拭打了蜡的桌布。他从床头柜的抽屉里拿出一张方格稿纸、一个黄信封、一支红色木杆笔和一口灌满紫墨水的方瓶。他告诉我那女人的名字,我意识到她是个摩尔人[1]。我开始写信。写得有点随性,不过我尽力去满足雷蒙的需求,毕竟我没理由让他感到不快。然后我大声把信读了一遍。他一边抽烟一边听,时不时点头,末了,他求我再朗读一遍。他很满意。"我就知道,你洞悉了生活。"他说。一开始我还没注意到他开始用"你"来称呼我。当他说"现在,你是我真正的哥们儿了",我才从震惊中反应过来。他把这句话重复了一遍,我应声说"是啊"。

---

[1] 摩尔人,从历史上看,泛指公元 8–13 世纪,从北非西部进入并统治伊比利亚半岛的阿拉伯人和柏柏尔人。这个词在欧洲被广泛使用,一般代指伊斯兰教徒。

对我来说，我们是不是朋友根本不打紧，但他却露出愉快的神色。他把信封好，我俩把酒喝光了。随后又坐了一会儿，静静地吸着烟。外面，一切静悄悄，甚至能听见汽车经过时滑行的声音。我开了口："有点晚了。"雷蒙也这么觉得。他说时间过得真快啊，在某种意义上，的确如此。我感觉乏了，站起来却有点困难。我一定看起来疲惫不堪吧，因为雷蒙说我应该照顾好自己。一开始我没听懂，然后他解释说，他听闻了我妈妈的死讯，但这是注定要发生的事。我也这么认为。

我起身，雷蒙使劲地和我握手，说男人之间总能心意相通。离开时我把门从身后带上，在漆黑的楼梯口待了一会儿。整幢楼静静的，我能感觉到从楼道的深渊升起的一缕幽暗而潮湿的微风。我只能听见血液在耳朵里嗡嗡作响。我站着，一动也不动。然而老萨拉马诺的房间里，传来狗轻轻的呜咽声。

IV

我整个星期都在努力工作。雷蒙过来看我,说已经把信寄出去了。我跟艾玛纽埃尔去看了两次电影,这家伙总是搞不懂荧幕上发生了什么,害得我要一一解释给他听。昨天是礼拜六,玛丽如约而至。她穿了一件红白条纹的漂亮裙子,踩着皮质凉鞋,激起我极度的欲望。你能看得到她坚挺的胸部的轮廓,那张被太阳晒黑的脸笑靥如花。我们乘巴士去了阿尔及尔城外几公里处的一片不宽的海滩,它被一些岩石围着,芦苇隔开了陆地和海滩。下午四点的阳光已经不那么灼人,但海水还是温暖的,拖着慵懒的、长长的波浪。玛丽教我玩了一个游戏:一边在海里游,一边朝着波峰张开嘴,把尽可能多的泡沫往嘴里灌,然后背朝下浮在水面上，对着天空喷水。泡沫像蓬松的网帘，旋即消失在空气中，或是像一阵温热的雨落回我的脸上。但不一会儿，我的嘴唇就被苦涩的盐灼伤了。玛丽朝我游了过来，把埋入水里的身体压在我身上。她的嘴唇紧紧贴着我的嘴。她的舌头带着一丝凉意，就这样，我们任由海浪带我们漂了一会儿。

在海滩上穿好衣服后，玛丽盯着我看。她眼睛一闪一闪的。我吻了她。从那一刻起，我们再没有多余的话。我紧紧搂住她，我们迫不及待地坐公交回到我家，跳到床上翻滚。我早早就打开了窗子通风，让夏日的夜晚在我们晒黑的肌肤上肆意流淌，多么惬意。

那天早上，玛丽没有走，我提议一起吃午餐。我下楼去买肉。在返回的楼梯上，我听见雷蒙房间里响起女人的声音。紧接其后的是老萨拉马诺大声呵斥他的狗，我们听得见脚步声、狗爪子挠木楼梯的声音，还有"下流坏，烂货"的咒骂声——他们正往街上走。我把老头的事迹跟玛丽说了，她乐得咯咯直笑。她穿着我的睡衣，把袖子卷了上去。她一笑，我的欲望又起来了。过了一阵子，她问我爱不爱她。我告诉她，虽然那话什么都说明不了，但我好像并不爱她。她看上去很低落。不过做午餐的时候，不知什么缘由,她又恢复了欢笑。她笑的样子惹得我不由地吻她。就在此刻,雷蒙的房间里爆发出争吵声。

起先是女人尖厉的声音,随后听到雷蒙在讲话:"你冒犯了我,你冒犯了我。我就来教教你怎么冒犯我。"几声闷响之后,女人开始恐怖地号叫,一瞬间大家都冲到楼梯口看热闹。玛丽和我也出来了。那女人尖叫不止,雷蒙也毫不手软。玛丽说这太恶劣了,我默然不语。她求我去叫个警察来,我说我一点也不喜欢警察。但警察还是来了,跟住在二楼的水管工一道。他一敲门,就鸦雀无声了。他砰砰地越敲越响,不一会儿女人就开始哭,雷蒙打开了门。他叼了一支烟,看起来颇为自得。那位年轻的女士猛地冲到门边,告诉警察雷蒙打了她。"报上姓名。"警察问道。雷蒙就跟他说了。"跟我说话时嘴里不要叼着烟。"警察说。雷蒙有些迟疑,瞥了我一眼,又吸了一口。这时,警察朝他整张脸狠狠地扇了一巴掌,声音响亮。香烟飞出几米之外。雷蒙顿时脸色煞白,但一时半会儿他没吱声,然后才温顺地请求警察让他去拾烟头。警察允许了,加上了一句:"不过下一次,你可要记住警官不是傻子。"那女人又在一遍又一遍地哭诉:"他打我。他是个拉皮条的。""长官,"雷蒙发话了,"在法律上,能把一个男人称为拉皮条的吗?"但警察命令他"闭上狗嘴"。雷蒙转过身对女人说:"你给我等着,小乖乖,咱们很快还会见面的。"警察打断他,说女人应该马上离开,而他得老实待着,等候警局的传唤。他还说雷蒙应该为他的酩酊大醉感到羞耻,他站都站不稳了。雷蒙答道,"我没醉,长官。只是我在这里,站在您跟前,自然会瑟瑟发抖,我控制不住自己。"他关上门,大家都散了。玛丽和我终于把午饭做完了。但她并不饿,差不多全靠我将盘子扫空。她一点钟时离开,我打了会儿盹。

三点左右,雷蒙敲了敲我的门就进来了。我还在躺着。他坐在我的床沿上。一开始默默无言,我问他整个事情的经过。他说一切如其所愿地进行,但她在他脸上甩了一个巴掌,所以他又揍了她。接下来的事情我都亲眼看到了。我跟他说,看上去她也得到了应有的惩罚,他应该满意才是。他也是这么想的,说警察的所作所为丝毫不能改变她挨了一顿打的事实。他补充道,他清楚警察的德行,知道怎么和他们打交道。他问我当时是不是很期待他对警察进行反击。我说我什么都不期待,另外我也不喜欢警察。雷蒙听后心情大悦。他问我想不想和他出去溜达一下。我从床上爬起来,梳了梳头。他说我必须做他的证人。就我而言,那自然是小事一桩,但我不清楚他想要我说些什么。雷蒙说,我只需证明那个女人冒犯了他就行。我同意了这件事。

我们出门,雷蒙请我喝了一杯白兰地。他想和我玩桌球,我差一点就赢了。他还想嫖妓,但我拒绝和他同去,我反感这些东西。我们于是慢慢地往回走,他为成功惩罚了自己的情人感到十分快活。我发现他待我非常友善,不禁觉得那算是段美好的时光。

远远地,我留意到老萨拉马诺站在门廊里,看上去很沮丧。我们走近时,才发现他的狗并没有跟他在一起。他四下打量,转着圈儿,想在黑暗的走廊里看出什么来,他语无伦次地嘟哝着,小小的红眼睛像在大街上挖掘着什么。雷蒙问他发生了什么事,他没有立刻回答。我依稀听得出他在低声说"下流坯,烂货",又继续焦躁不安了。我问他狗去了哪儿。他急促地回答说它跑掉了。突然,他滔滔不绝起来:"我像往常一样带它去了阅兵场。集市的货摊旁边非常挤。我停下来看了一眼'越狱王'。我准备离开时,它就不见了。当然,我早就想给它买个小点儿的项圈。但我没想到这个烂货就这样跑了。"

雷蒙说狗一定是迷了路,会自己找回来的。他举了别的狗的例子，说它们如何跋涉十几公里回家找主人。不过，老头儿好像更沮丧了。"他们一定是把它从我身边拖走了，您知道的。要是有人收留它就好了。但这不可能，谁见了它的疥癣都会觉得恶心。警察准会把它带走。"我告诉他，他要做的就是去一趟流浪狗收容所，付点小钱把它带回来。他问我会不会花很多钱。我不知道。他一下子怒不可遏："为那个烂货还要花钱！啊！它可以去死了！"他开始诅咒那条狗。雷蒙大笑了起来，走进公寓楼。我跟着他进去，在楼梯口我们道了别。过了一阵子，我听见老头的脚步声，他敲了敲我的门。我把门打开，他靠在门边站着："对不起，对不起。"我请他进来坐，他拒绝了。他盯着自己的鞋尖，结痂的手抖个不停。他说话时把眼睛从我脸上移开："告诉我，默尔索先生，他们不会把它从我身边夺走，对不对？他们会把它还给我吧。我以后可怎么办啊？"我跟他说，收容所会把狗收留三天，等主人来认领，过了期限就任由收容所处置了。他默然地望着我。然后他说"晚安"。他关上了他家的门，我听见他在屋里来来回回地踱步。他的床板咯吱作响。一阵奇异又微弱的声音从墙的另一边传来，我知道他在啜泣。不知道为什么，我想到了妈妈。但我隔天得早起。我不饿，没吃晚饭就直接睡下了。

V

雷蒙的电话直接打到我的办公室,说他有个朋友(雷蒙跟他提过我)邀请我在他临近阿尔及尔的滨海别墅里共度礼拜天。我说我乐意之至,但那天我打算跟女友一起过。雷蒙马上说她也在受邀之列。他朋友的妻子会欣然发现自己并不是这堆人里唯一的女性。

我想赶紧挂掉电话,因为老板不喜欢我们接城里打来的电话。雷蒙央求我稍等一会儿,他说他本来可以晚上再转达这份邀请,但他想提前跟我说些别的事情。他先前那个情人的哥哥及其一群阿拉伯朋友成天在跟踪他。"如果今晚你回家时看见他们在房子附近,就提醒我一声。"我答应了他。

隔了一小会儿,老板叫我过去,一开始我有些懊恼,以为他肯定要说少打电话、多工作。但其实跟这完全没关系。他说他想跟我讨论一个还在酝酿中的项目。他想听听我在这件事上的意见。他考虑在巴黎设立一个办事处，便于直接和大公司接洽生意，他问我是否愿意去那儿工作。这意味着我能住在巴黎，每年还有一段度假旅行的时间。"您还年轻，这看上去是您应该享受的生活。"我说是的，但就事论事，我觉得怎样都好。然后他问我是不是对改变自己的人生并不感兴趣，我回答说，人生不可能真正改变，实际上，每种人生都相差无几，现在的生活我也毫不厌倦。他看上去颇为不悦，说我总是答非所问，说我胸无大志，这对事业来说简直是灾难性的。我回去接着工作了。我觉得最好不要惹恼他，但我实在找不到改变生活的理由。仔细想想，我并没有不幸福。我还是个学生的时候，一度对职业生涯很有抱负。但当我不得不放弃学业时，我发现这种抱负压根无关紧要。

那天晚上，玛丽过来见我，问我想不想娶她。我回答说我无所谓，如果她想的话我们就可以结婚。她想知道我到底爱不爱她。我的回答跟之前一样，我说那没有任何意义，不过我确实不爱她。"那为什么要娶我？"她问道。我解释说无论怎样都不重要，但只要她想要这么做，我就可以娶她。何况这是她提出的请求,我很乐意接受。她觉得婚姻是一桩严肃的事情。"一点也不。"我回答。她一时无言,只是看着我。然后她开了口。她只是想知道,如果一个和我维持着相同关系的女人提出了相同的要求,我是否也会接受。"当然。"我说。她困惑于她到底爱不爱我,但我对此显然一无所知。片刻的静寂之后,她嘟哝说我是个怪人,这无疑是她爱我的缘由,但有朝一日她若觉得我可恶,想必也出于同样的原因。我一字未说,因为无话可说,她微笑着拉起我的胳膊,宣布她愿意嫁给我。我说她如果愿意,随时可以操办这件事。我跟她谈及老板的提议,玛丽说她愿意去了解巴黎。我说我曾在那儿生活过一段时间,她问我感觉如何。"很脏,"我回答道,"到处都是鸽子,院子黑漆漆的。那儿的人皮肤很白。"

然后我们出了门,在城市宽阔的大道上散步。街上的女人都很漂亮,我问玛丽注意到没有。玛丽说她看见了,她很理解我的心思。有一阵子我们都没出声。但我希望她跟我待在一起,就问她能不能和我去瑟莱斯特的餐厅吃饭。她很乐意,但有别的安排了。我们在我家附近道别。她把目光投向我:"难道你不想知道我要干什么吗?"我确实很想知道,但从没想到去问她,为此她露出责备的神色。看到我局促的样子,她又笑了起来,把整个身子都靠在我怀里,递上她的吻。

我在瑟莱斯特那儿用了晚餐。准备开吃时,一位怪里怪气的矮个子女人走进来,问我能不能跟她同坐一桌。当然可以。她的姿态显得敏捷而突兀,苹果般的小圆脸上有一双明亮的眼睛。她脱下夹克衫,坐下,雷厉风行地研究起了菜单。她唤来瑟莱斯特,把她想要的菜品迅速点了一遍,语气很急促但不失准确。等餐前零食的间隙,她从包里掏出一张小纸片和一支铅笔,提前算她要付多少钱,然后拿出钱袋,连小费在内,分毫不差地把钱摆在面前的桌上。餐前小食上来了,她狼吞虎咽地解决完毕。等下一道菜时,她又掏出一支蓝色铅笔和一本预告本周广播节目的杂志。她仔细地在几乎每个节目旁边都打上了勾。杂志有十来页,她一丝不苟地持续了整个用餐的过程。我差不多吃完了,她还在认真地做着标记。然后她站起来,以同样精确的机械动作穿好夹克衫,离开。我无事可做,也起身离开,跟踪了她一小会儿。她以令人难以置信的速度和笃定,踩着人行道的路缘石往前走,不偏不倚,头也不回。她终于消失在我的视野之中,我转身回家。我觉得她实在是个怪人,但很快就把她抛之脑后。

我发现老萨拉马诺站在我家门前。我让他进了门,他说他的狗真的丢了，收容所里也没有。那里的雇员说它可能被碾死了。他问能否在警察局里查个明白，但被告知这类事每天都会发生，他们也不会留存记录。我建议老萨拉马诺再养一条狗，但他有强烈的理由让我相信，养这条狗已经成了他的习惯。

我蹲坐在自己床上，萨拉马诺则坐在桌前的一张椅子上。他面朝着我，双手搁在膝盖上。他没有取下那顶老旧的毛毡帽。他那张在黄胡子下面的嘴喃喃吐着零碎的话语。他让我觉得有点儿无聊。但我没什么事可做，而且也不困。为了说点什么，我让他讲讲狗的故事。他告诉我，他在妻子去世后养了这条狗。他岁数挺大的时候才结婚。年轻时他的梦想是搞戏剧，在军队服役期间，他就为军人表演滑稽剧。但他最后却调到铁道上工作了。他并不后悔，因为他现在有了一份退休金，虽然数额不高。他跟妻子相处得不算和睦，但概而论之，也已经习惯了跟她一起度日。妻子离世后他倍感孤独。他就问车间里的同事要了一条狗，那时它还是只幼犬。他得用奶嘴瓶来喂它。但狗的寿命毕竟没法跟人相比，他们最终一起见证了彼此的衰老。"它脾气很坏，"萨拉马诺告诉我，"我们时不时要争吵几句。但它终究是一条好狗。"我称赞它的品种不错，萨拉马诺看上去挺高兴。"而且，"他补充道，"您都不知道它生病前是什么样子。那一身皮毛曾经是它最美的部分。"狗患上皮肤病后,每天早晚萨拉马诺都要给它搽药膏。但据萨拉马诺说,它真正的病根在于年老体衰,而衰老是一种没法治愈的病。

这时我打起了哈欠,老头说他该走了。我说他可以继续待着,我对他的狗遭遇的事情感到非常抱歉,他说谢谢。他还说我妈妈很喜爱那条狗。他提到她时,管她叫"您可怜的妈妈"。言外之意,妈妈去世后我一定非常伤心,但我没接话。他以一种快速并且显得有些尴尬的语调说,虽然他听闻邻居们说我很差劲,因为我把妈妈送进了养老院,但他知道我是深爱妈妈的。我回答道——我现在也不清楚为何那样回答——我一直没意识到别人因为这件事批评我,但把妈妈送去养老院乃是情理之中,毕竟我还没挣到足够多的钱来雇人照顾她。"何况,"我补充道,"很长一段时间她跟我无话可说,她厌倦了一个人待着。""是啊,"他说,"至少在养老院她还能交到朋友。"然后他说他得离开了。他想睡了。他的生活现在发生了变化,他并不清楚接下来该如何是好。从我认识他以来,他第一次畏畏缩缩地向我伸出了手,我触摸到他皮肤上的硬痂。临走前,他朝我露出一点点笑容:"我希望所有狗今晚都不要叫。我总觉得那是我的狗在叫。"

VI

  每到周日,起床就成了一件困难的事,玛丽不得不喊我的名字将我摇醒。为了能早点去游泳,我们没吃早饭。我浑身乏力,还有点头疼。烟抽起来也比往常更苦涩。玛丽取笑我的脸色,说我像刚参加了葬礼。她穿了一件白色的布裙子,披着头发。我夸她很美,她开心地笑了。

  下楼时我们敲了敲雷蒙的房门。雷蒙高声说他马上下楼。我本身已疲惫不堪,之前又一直待在百叶窗紧闭的室内,走到大街上,酷热的太阳像在我脸上猛掴。玛丽则很亢奋,不停地赞叹着好天气。我感觉好了一点,随即发现自己饿了。我把这些告诉了玛丽,她正忙着把她的包翻开给我看,里面有我们的两套泳装和一条毛巾。唯一可做的事就是等待，然后，我们听见雷蒙砰地关上家门。他穿了一条蓝裤子和白色的短袖衫，还戴了一顶平顶硬边草帽，逗得玛丽笑出了声。他前臂的皮肤被黑色体毛衬托得尤为白皙。我觉得有点恶心。他下楼时吹着口哨，看起来心情不错。他招呼我说"嘿，老伙计"，对玛丽的称呼则是"小姐"。

前一天我们去了警局，我做证说那个女孩"冒犯"了雷蒙。他得到一个警告就脱身了。没人验证我的证词真伪。我们和雷蒙先站在门外聊了一会儿这事，然后决定去坐公交车。沙滩并不远，但是坐公交车更快。雷蒙认为我们到得早的话，他的朋友会很高兴。正准备动身时，雷蒙突然示意我看一眼街对面。一群阿拉伯人正斜倚在烟草店的橱窗上。他们鸦雀无声地盯着我们，但那是一种他们特有的鸦雀无声，好像把我们当成了岩石或者枯树。雷蒙似乎有点怯场，说左数第二个家伙就是他跟我说的那个人。但他又补充道，事情已经翻篇了。玛丽不了解前因后果，问我们发生了什么。我告诉她这群阿拉伯人和雷蒙有个人恩怨。她催我们马上离开。雷蒙挺了挺身子，笑着说，我们赶紧走人为妙。

我们朝远处的公交站台走去，雷蒙说那群阿拉伯人没有跟上来。我转过头。他们待在原地,眼神冷漠地盯着我们刚刚离开的地方。我们上了车。雷蒙看上去完全卸掉了重负,不停地和玛丽开玩笑。我感觉他被玛丽迷住了,但玛丽几乎不回应他。偶尔,玛丽只是看着他笑笑。

我们在阿尔及尔郊区下了车。沙滩离站台不远。但我们得先走过一个高于海面的小丘,它陡峭地通向沙滩。它被泛黄的岩石和白色阿福花覆盖着,在湛蓝的天空下特别醒目。玛丽自得其乐地甩着她的蜡布包,将花瓣一一打落。我们穿行在一排排带有绿色或白色栅栏的小别墅中间,有些房子的游廊被柽柳遮住,另一些则醒目地裸露在岩石间。还没走到小丘的边缘,我们就看见了平静的海,更远处,是一片巨大而荒芜的悬崖直插在碧水间。一阵轻微的马达噪声顺着安静的空气盘旋而上,传到我们耳朵里。然后我们看见远处有一只小型的拖网渔船,缓缓地,在粼粼的海面上移动。玛丽采了一些长在岩缝间的小鸢尾花。沿着陡坡望向大海,我们看见有些人已经下水了。

雷蒙的朋友住在沙滩边缘的一间度假小木屋里。屋子背靠岩石而建,但是前面支撑房子的木桩已经没入水中。雷蒙一一介绍了我们。他的朋友叫马松。那家伙很高,肩膀宽阔,他妻子身材丰满,人很友善,带着一股巴黎口音。

他请我们不要拘束，说他们正忙着煎早上钓来的鱼。我向他赞美了这座房子多么漂亮。他说他每逢双休日和假日就待在这里。"我妻子很会跟人相处。"他接着说。果然，玛丽正和他妻子有说有笑。那可能是我第一次意识到，我快要结婚了。

马松想游泳，但他妻子和雷蒙不愿意跟他去。于是我们仨就去了沙滩，玛丽径直跳进水里。马松和我等了一小会儿。马松语调很慢，我注意到他有个习惯，谈论每件事都要用"甚至，我想说的是"来结尾，即使从根本上说，他并未给他的句子补充什么新信息。比如谈到玛丽，他如是评价："她棒极了，甚至，我想说的是，迷人。"稍后我对这个口头禅失去了兴趣，因为我忙着享受阳光美妙的照射。脚下的沙子开始发烫。我渴望下水，但还是克制了一小会儿，最后忍不住对马松说："咱们下去吧？"我潜入水中。马松慢慢走进去，直到水太深而无法行走的区域，他才猛扎进水里。他游的是蛙泳，水平相当差劲，于是我就甩下他去找玛丽。水冷冷的，我游得很舒服。我和玛丽越游越远，我们不单在动作上很协调，连那份愉悦也是节奏一致的。

我们游到开阔处，仰躺在水面浮着，面朝天空。我脸上的最后几片水纱给阳光拨去，汇聚着纷纷流进我嘴里。

我们看见马松回到了沙滩，躺着晒太阳。即使远远地观察，他的体形看起来也很庞大。玛丽想跟我一起游泳。我退到她身后，这样就可以搂住她的腰。她用双臂划水前进，而我通过蹬腿来辅助她。晨光中水花溅起的声音一直陪伴着我们，直到我有些乏了。然后我抛下玛丽，以正常的姿势游了回去，换气也顺畅多了。到了海滩，我俯卧在离马松不远的地方，把整张脸埋在沙子里。我告诉他"感觉很不错"，他深表赞同。不到片刻，玛丽就上了岸。我转头去看她朝我们走来。她身上覆盖了一层盐水形成的膜，她把头发甩到了后面。她并排躺在我身边，她身体滚烫，再加上炽热的骄阳，双倍的热量催得我有些昏昏欲睡。

　　玛丽把我摇醒，说马松已经回屋了，现在是午餐时间。我一下就直起身来，因为我饿了，但玛丽说从早晨到现在我还没吻过她。千真万确，但我并不想那么做。"来玩水吧。"她说。我们就在浅浅的细浪里追逐，浪花四溅。我们游了一会儿泳，她把身子架在我的身子上。我感觉到她的腿缠住了我的腿，我很想占有她。

　　我们往回走的时候，马松已经在叫我们了。我说饿极了，他立刻说他妻子喜欢我这人。面包很美味，我狼吞虎咽地干掉了我的鱼。我们又吃了一些肉和炸土豆，整个进食的过程是在无声中进行的。马松喝了不少酒，一直在给我斟酒。喝咖啡的时候，我感到头很沉，然后又抽了不少烟。马松、雷蒙和我在商量怎么在沙滩上一起度过八月份，讨论费用明细。玛丽突然开口来了一句："你们知道现在是几点吗？才十一点半。"我们都很吃惊，马松说我们确实吃得很早，不过当你感觉饿了就去吃饭，是一件再自然不过的事情。我不明白为什么这番话也能让玛丽开怀大笑。我想她一定是喝得有点过头。马松问我愿不愿意去沙滩上跟他散会儿步。"我妻子爱在午饭后打个盹，但我不喜欢这样。我需要散步。我一直告诉她这样的生活方式更加健康。但说到底，这还是她自己说了算。"玛丽说她要帮马松的妻子收拾桌子。娇小的巴黎女人请我们男人离开，这样她们才能方便清理。我们三个男人就走了出去。

阳光直刺刺地照在沙子上，它与海面辉映的光芒令人难以直视。沙滩现在空无一人了。小丘边缘，高出海面的那些小棚屋里传来杯盘叮当的声响。地面升腾起岩石的热浪，让人窒息。一开始雷蒙和马松在谈论一些我不知晓的人和事。原来他们老早就相识，甚至一起住过一段时日。我们朝水里走，沿着海面的边缘。一阵又一阵、一次比一次更绵长的碎浪打湿了我们的帆布鞋。我头脑一片空白，快睡着了,因为太阳直射在我毫无遮挡的头顶。

就在那时,雷蒙朝马松说了些我没能听清的话。但与此同时,我注意到沙滩另一头,很远处,两个穿蓝色锅炉工装的阿拉伯人正朝我们走来。我看了一眼雷蒙,他说"是他"。我们继续往前走。马松很好奇他们怎么能一路跟踪到此地,我突然想到他们准是看见我们带着沙滩包上了公交,但我什么也没透露。

尽管阿拉伯人走得很慢,他们跟我们的距离还是已经大大缩短。我们以不变的步速前行,可雷蒙说:"马松,如果打起来的话,你去对付第二个人。我去解决惹我的那个。如果还有别人,默尔索,就该你上场了。"我答应了,马松把双手插进了口袋。滚烫的沙地好像变红了。我们稳步走向阿拉伯人。我们的距离匀速缩短,几步之遥的时候,阿拉伯人停下脚步。马松和我也放缓了步伐。雷蒙径直走向他的对手。我听不清雷蒙对他说了什么,但阿拉伯人做了个表情,像是要给他一拳。雷蒙先动手了,即刻喊了马松过来。马松奔向了第二个人,使出浑身的劲狠揍了两拳。那人脸朝下倒在水里,有几秒钟没动静,细小的泡泡浮到水面,环绕着他的头颅,一个个破裂。而雷蒙把另一个阿拉伯人打得满脸是血。雷蒙转身对我说:"看我怎么收拾他。"我大喊:"小心,他带了刀!"但一瞬间,雷蒙的胳膊已经挨了刀,嘴巴也划破了。

马松跳到他跟前。但倒下的那个阿拉伯人起身了,就站在持刀的那位身后。我们不敢动弹。他们慢慢地后退,盯着我们,拿着匕首和我们保持距离。当他们觉得距离足够远的时候,就飞快地逃之夭夭,而烈日之下的我们还像被钉在沙地上,雷蒙托着他滴血的胳膊。

马松说有个医生每周日都会来这儿度假。雷蒙想直接去找他。每当他想开口说话,伤口涌出的血水就在他嘴里聚集成一些泡沫。我们急忙扶着他回木屋。到家后,雷蒙说他的伤口很浅,他可以去找医生。马松陪他一起去,而我则留下跟女士们解释发生了什么。马松夫人哭了,玛丽的脸煞白。跟她们解释这些真是件烦人的事。最后我不再多说,望着大海点了一根烟。

差不多一点半的时候,雷蒙和马松回来了。他胳膊绑上了绷带,口腔里也抹了橡皮膏。医生说并无大碍,但雷蒙看起来很消沉。马松试着逗他开心,但是他一直拒绝说话。他说要下楼去沙滩上走走的时候,我问他要去哪里。他回答说要出去透透气。马松和我表示要陪他一起。然后他就勃然大怒,骂了我们一顿。马松说最好别再惹他生气,但我还是跟他去了。

我们沿着海滩走了很久。此刻的太阳很毒辣。沙子和海面上的阳光碎成无数碎片。我隐约觉得雷蒙知道自己在往哪儿走,但我完全错了。在沙滩尽头,我们走过一小泓泉水,它从岩石的背面流往沙地。两个阿拉伯人就在那儿。他们躺着,身穿油乎乎的蓝色工装。他们看起来平静、怡然。我们的到来也没有影响他们。攻击雷蒙的那位不动声色地望着他。另一位则吹着一支小笛子,循环往复地演奏三个音符,用眼角的余光瞥着我们。

此刻唯有阳光与寂静同在,还有泉水轻柔的声响和那三个音符。雷蒙握住手枪,但阿拉伯人并没什么动静,只是交换了眼神。我留意到吹笛子的那个把脚趾张得很开。雷蒙一直盯着他的敌人不放,问我:"我该杀了他吗?"我想,如果说不,他准会一怒之下真的开枪。所以我只是说:"他一句话都没跟你讲,直接来一枪似乎不太地道。"在极度的酷热和寂静中,细微的水声和笛声犹然在耳。雷蒙说:"那好,我要骂他一顿,他如果还嘴,我就一枪毙了他。"我答道:"行吧。但如果他没掏刀子,你也不能开枪。"雷蒙听了有点暴躁。吹笛人一直没停下,他们俩都盯着雷蒙的一举一动。"别这样,"我对雷蒙说,"跟他们一个一个地干，把枪丢给我。如果第二人来帮忙或者掏出刀子，我就开枪。"

雷蒙把枪递给了我，阳光照得它铮亮无比。我们伫立不动，仿佛和周遭一切都切断了联系。我们瞪着彼此，大海，沙砾，太阳，笛声与水声制造的双重静寂，一切静止于此。一刹那我甚至觉得开不开枪都无所谓。但突然间，阿拉伯人开始后撤，躲到了岩石后面。我和雷蒙也便往回走了。雷蒙看起来好了不少，甚至谈论起坐哪一趟巴士回家。

我陪他一路走回海滨小屋，当他一级级登上木楼梯时，我却停在第一个台阶前，太阳晒得我头脑轰鸣，一想到要爬这么多台阶，还要跟女人们交谈，不免更加泄气。但热浪如此强大，像炫目的雨瀑，站在下面一动不动也没法幸免。我继续待在这儿和拔腿就走也没什么区别了。我停了一会儿，就转身向海滩走去。

依旧是明晃晃的红。窒息的大海急切地吐纳着细浪，细浪漫上沙地。我朝岩石走去，烈日照得我前额肿痛不堪。热浪重重地击打着我，阻挡我前进。每当我感觉热浪席卷我的脸，我就咬咬牙，握紧藏在裤子口袋里的拳头，穷尽浑身之力去克服烈日和它倾泻给我的晦涩不明的醉意。每当沙地里一块白贝壳或一片碎玻璃射出刺目的光，我的下颚就会绷紧。我走了很久很久。

远远地，大海的光晕之中，岩石昏暗的轮廓依稀可见。我想起石头背后清凉的泉水。我渴望再次听见泉水的低语，渴望躲开太阳、压力和女人的眼泪，渴望再次在阴凉中休息。但当我走近时，我看到雷蒙的对手回来了。

他只身一人。他面朝天躺着，双手枕在脖颈下面，额头陷入岩石投下的阴影中，整个身子暴露在阳光下。他的工装服被晒得微微冒烟。我略有些吃惊。就我而言，事情已经结束，我重返此地全然跟此事无关。

他一瞧见我，就微微抬起身子，手放进了口袋。我自然而然地握住了上衣里雷蒙的枪。然后他又躺下，但手还留在口袋里。我离他还有一段距离，大约十米远吧。我隐约看见，他两片眼睑之间半闭的眼睛时不时瞅着我。但大多数时刻，他的影像在我眼前、在燃烧的空气里跳舞。波浪的声音比午间更慵懒和平静，而太阳热力不减，同样的光照一直延伸到我脚下的这同一片沙子上。太阳盘踞在头顶有两个小时之久，足足两个小时，白昼在这片沸腾的金属之海里抛下了锚。一艘小小的蒸汽船出现在地平线上，我眼角的余光瞥见那颗黑斑，因为我始终没把目光从阿拉伯人身上移开。

我觉得自己要做的就是掉头走开，一切都会结束。可是与太阳一起颤抖的整片海滩从背后推着我。我朝泉水走了几步。阿拉伯人没有动。他实际上离我还远得很。可能脸在阴影里半隐半现的缘故，他看上去像在大笑。我等着。灼人的骄阳刺伤了我的脸颊，汗滴聚集在我的眉毛上。我给妈妈送葬的那天，太阳也这么大，那时我的额头也被晒得生疼，我能感觉到皮肤下的血管在同步跳动。我再也受不了这种灼烧，就往前挪了一步。我知道这很蠢，我知道不可能靠小小的一步就能摆脱掉太阳。但我挪了一步，仅仅那一步。而这一次，阿拉伯人没起身就直接拔出了刀，在太阳下指着我。钢质的刀身划出一道光，像是刺入我前额的一柄亮闪闪的长剑。就在那一瞬，本来汇集在眉毛上的汗水突然流到眼睑上，像覆盖了一层温暖而厚重的面纱。混合着盐和泪的帘子挡住了我的视线。我只感觉到太阳像铙一样冲击着前额，朦胧之间，从刀上反射出的利剑依旧在我眼前闪烁。它红热的刃切开我的眼睫，刺向酸疼的眼睛。随即一切都开始晃动。大海吼出一声沉重而灼人的叹息。天空的表面好像裂开了，火焰瓢泼而下。我的整个身躯绷紧，抽搐的手把枪握得更紧。扳机扣动了，我摸到枪托滑溜溜的肚子，而就在那里，在一声干瘪而震耳欲聋的响声中，一切开始了。我一下就摆脱了汗水和烈日。我意识到自己摧毁了一种光的平衡，摧毁了曾使我欢愉的海滨那过剩的寂静。我朝那具已失去生命的身体又连射四枪，子弹沉陷在体内，不着一丝痕迹，就好像我在厄运之门上快速地连敲四下。

第二部

I

被捕之后,我随即被审讯过好几次,但每次只涉及一些跟身份相关的问题,持续时间并不长。第一次进警局,似乎没人对我的案子感兴趣。八天之后,一位预审法官反倒好奇地打量着我,但他一开始只问了我的姓名、住址、职业、出生日期以及出生地。他想知道我是否选定了律师。我说还没有,并问他,是不是必须要选一个。"您的意思是?"他问道。我回答说,我觉得这个案子相当简单。他笑了笑:"这只是您的个人看法。但法律条文写得明明白白。如果您没有律师,我们会给您指派一个。"我表示,司法系统能照顾到这么多细节,真是便利得很。他深表赞同,总结道:法律制定得非常完善。

刚开始,我并没有把审讯当一回事。他在一间拉上窗帘的房间里接待了我,他桌上仅有一盏台灯,照亮他要求我坐上的那把扶手椅,而他自己却隐没在黑暗中。我曾在书中读到过这种场景,对我来说这完全就像个游戏。谈话结束后,我才真正打量起他:我清楚看见一名瘦削的男人,眼睛深蓝,蓄着不短的灰胡须,一头几乎全白的浓密的头发。除了嘴角有几下神经性的痉挛,他给人的印象还算通情达理,实际上相当和蔼。我离开之际,甚至准备伸手与他相握,但就在那时,我想起自己杀了人。

翌日,一名律师来监狱探访我。他是个圆滚滚的小个子,相当年轻,头发梳得很精心。他不顾炎热(我只穿了长袖衬衣),穿着深色西装、燕子领衬衫,打了一条古怪的黑白宽条纹领带。他把夹在臂弯下的公文包放在我的床上,做了自我介绍,说他已研究过我的卷宗。我的案子非常棘手,而他却确信我们会赢——只要我信得过他。我谢过他之后,他说:"我们来谈正事吧。"

他坐在床上,解释说他们已获得一些关于我私生活的信息。他们发现我母亲最近在一家养老院逝世了。所以他们在马朗戈做了调查。预审法官了解到我在妈妈的葬礼上"无动于衷"。"您应该明白,"律师说道,"问您这个问题其实让我很犯难。但这极为重要。如果我不能妥善反驳的话，它将是指控您的一个重要论据。"他想让我配合他。他问我那天是不是很难挨。这个问题相当令人震惊，我在想，假如换作我来提这个问题，该是多么尴尬。但我还是回答说我已经放弃了自我反思的习惯，这很难解释得清。我无疑深爱着妈妈，但那并不能说明什么，每个正常人或多或少都会希望他们所爱之人死去。说到这儿，律师打断了我，他看起来很激动。他让我保证在法庭上、在预审法官面前都不要这么说。但我解释说，我的身体官能常常干扰情绪，这是我天性使然。妈妈葬礼那天，我疲劳至极，昏昏欲睡，确实意识不到发生了什么。但我可以确定地说，比起死亡，我宁可让妈妈活着。然而律师对此并不满意。"这样的说辞还不够。"他说。

他思考了片刻。他问我，可不可以这样说：那天我在竭力抑制自己的情绪。我回答道："不可以，因为那不是真的。"他奇怪地看着我，好像被我恶心到了。他几乎略带着恶意跟我说，无论如何，养老院的人员都是目击证人，"对我来说情况可能会相当险恶。"我指出此事与我的案子毫无干系，而他只是简短地回答：你显然没跟司法系统打过交道。

他怒气冲冲地走了。我本想把他请回来,向他解释说我想得到他的同情。倒不是为了让他更好地替我辩护,而是——如果可以这样说的话——更自然地为我辩护。我尤其留意到了,我使他感到不自在。他不理解我,对我还有几分憎恶。我很希望告诉他,我和其他人没有区别,完完全全没有两样。不过,归根到底,再纠结于此也毫无用处,而且我讨厌麻烦事,自然就不去想了。

晚些时候,我再度被送去审讯。那是下午两点,预审法官的办公室被阳光填满,薄薄的窗帘几乎遮不住什么,而且热极了。他请我坐下,用一种彬彬有礼的语调告知我,"由于一些不可预见的情况",我的律师没能到场。但我有权对他提的问题保持沉默,直到我的律师能陪在我身边。我说我能独自作答。他按了按他桌上的铃。一个年轻的书记员走进来,在我身后落座。

我们俩都端坐在扶手椅上。问讯开始了。他首先评价我是一个沉默寡言、相当自闭的人,他想知道我对此有何看法。我答道:"那是因为我没什么可说的,所以我选择闭嘴。"他像上一回那样保持微笑,同意这是最佳的理由。"更何况,"他加了一句,"这无关紧要。"沉默了一阵,他突然盯着我,直起身子,用很快的语速说:"我真正感兴趣的，是您。"我不太明白他的意思，就没应声。"您有一些举动，"他继续说，"让我感到困惑。我敢肯定您能帮我解除心头的疑问。"我说这再简单不过了。他要我把那天的情况重述一遍。我就把早先对他讲过的那些事又进行复述：关于雷蒙，海滩，游泳，争执，再是海滩，泉水，阳光和我开的五枪。说完每句话，他都要附和一句："好，好。"当我说到那具躺倒的尸体时，他表示认可："行了。"我就这样满心厌烦地重复了一遍相同的故事，我感觉这辈子都没说过这么多话。

沉默片刻，他站起来，说他很乐意帮助我，说我让他很感兴趣，看在上帝的分上，他会帮我摆脱困局。不过，在此之前，他想再提一些问题。他径直问我，我是否爱我妈妈。"是的，"我答道，"就像所有人那样。"我身后的书记员一直以平稳的节奏打字，说到这儿，准是按错了键，因为他似乎很窘迫，并且将纸架推了回去。然后，依然毫无逻辑地，预审法官问我是不是连开了五枪。我想了片刻，解释说其实我先开了一枪，隔了几秒，才开了另外四枪。于是他说："为什么第一枪和第二枪之间您停了一下？"再一次，我仿佛又看见红色的海滩，感到阳光在我额头上灼烧。但这一次我没回答。在持续的沉默中，预审法官坐立不安。他坐下，用手指拨弄头发，把手肘架在桌上，带着一种奇怪的表情朝我微微俯下身："为什么，为什么您要持续射击一具倒在地上的尸体？"再一次，我不知如何回答。预审法官用手扶了一下额头，以略微变调的声音重复着那个问题："为什么？您必须告诉我。为什么？"我仍旧一言不发。

他突然站起来，走到办公室另一头，拉开文件柜的抽屉。他从里面拿出一个带耶稣像的银质十字架，在空中挥舞着回到我身旁。他的声音完全变了，几乎是在颤抖，他吼道："您知道这是谁吗？""当然知道。"我说。他开始滔滔不绝地以激奋的语调说，他信上帝，他相信即使最恶劣的罪人都能取得他的宽恕，但这个人必须得忏悔，必须像个小孩子一样心地天真，愿意接纳一切。他整个身子都俯在桌面上。他几乎是在我眼前挥舞着他的十字架。说真的，我有点跟不上他的说教，一方面，我太热了，大苍蝇又时不时停在我脸上；另一方面，他把我搞得有点惊恐。我发觉这有点滑稽，因为说到底，我才是那个有罪的人。但他还在继续。我有点听懂了，他是觉得我的供述里唯一亟须澄清的疑点是，为何我开第二枪之前等了几秒。其余的陈述非常好，唯独那一点让他费解。

我对他讲，没必要就此大做文章——它当真无足轻重。他打断了我，对我进行最后的劝谕，然后笔直地站起，问我是否信仰上帝。我说"不"。他愤愤地坐倒在椅子上。他说那不可能，所有人都信上帝，甚至那些拒绝他的人也是如此。他对此确信无疑，假如稍有怀疑，他的人生就会丧失一切意义。"您难道想要我的人生失去意义？"他吼道。在我看来，这件事跟我无关，我这般如实地解释了。但他隔着桌子把基督举在我眼前，失去理智地大喊："我，我是个基督徒。我祈求他宽恕你的罪行。你怎能不信他在替你受难？"我注意到他开始用"你"来称呼我，但我已经受够了。房间变得越来越热。跟往常一样，我想摆脱这段我不再想进行的对话，于是就假意附和。让我始料未及的是，他得意起来："你瞧瞧，你瞧瞧，现在你不也打算全心全意地信他了吗？"很显然，我又说了一个"不"。因为他又瘫回了自己的椅子。

他看上去十分疲惫。他陷入了沉默，而始终伴随我们交谈的打字机的响声，又在沉默中延续了几下。然后，他凝视着我，神情有些悲伤。"我此生从未见过您这般顽固不化的灵魂，"他嘟哝着，"所有来我这里的犯人，一看见我们主受难的样子都会流泪。"我本打算回答说，那合情合理,因为他们都是罪犯。旋即我又意识到自己跟他们是同类。这想法真有点让人别扭。法官于是站了起来,大概意味着谈话已经结束。他用同样倦怠的调子问了我最后一个问题:我后悔自己的所作所为吗?我稍微想了一下,然后说,与其说后悔不如说是感到一种无聊。我觉得他似乎没理解我的话。但那天的事到此就结束了。

我后来多次面见预审法官,但每次都有我的律师陪着我。审讯内容仅限于要求我具体讲讲之前陈词中的个别细节,或者就是法官和律师讨论究竟以何种罪名控告我。事实上,讨论这些事的时候他们从不在意我。渐渐地,审讯的语调也变了。审讯官看上去已经对我丧失了兴趣,对我的案子有所定论了。他没有再提起上帝,也没有表现出第一天那样的激奋。结果就是我们的谈话变得亲切了。问几个问题,再跟律师简单交换一下意见,审讯就算结束了。如他所言,我的案子按部就班。有时候,如果谈话走的是一般性的流程,审讯官和律师也会鼓励我参与其中。我开始放松地呼吸。没人对我表示出一丁点儿敌意。一切进行得如此顺利,如此规律,如此有分寸,我竟产生了一种成为"家庭一员"的荒唐印象。老实说,持续十一个月的审讯快要结束时,当预审法官偶尔送我到牢房门口,拍拍我的肩,以友善的口吻说"好了,反基督先生,今天到此为止",此时,我惊讶地发现没什么比这些难得的瞬间更令人愉悦的了。此后我就被移交到了宪兵手里。

Ⅱ

有些事情我永远都不想谈论。在监狱待了一阵之后，我认定，自己不会愿意去谈论生命中的这段日子。

但后来，我渐渐察觉到这份厌恶倒也没那么要紧。实际上，起初我还意识不到自己在监狱里，总是隐约地希望事情有所转机。自从玛丽第一次也是最后一次来访后，情况就变了。她的信寄到我手里的那天起（她说他们不准她再来探望了，因为她不是我的妻子），我便明白这牢房是我最后的家，我的生命将停止在这里。我被捕当天，他们把我跟其他几个囚犯关在一处，他们多数是阿拉伯人。他们冲我咧嘴笑，然后又问我犯了什么事。我说我杀了一个阿拉伯人，他们一下子沉默了。但没过多久天就黑了。他们教我怎么铺好用来睡觉的席子，把一头卷起来，就可以弄成长枕垫的模样。整个晚上，臭虫一直往我脸上爬。过了些时日，我被带进自己的牢房，一张木板床便是我睡觉的地方了。其余的家具仅剩一只便桶、一个铁制脸盆。监狱俯瞰着整座城市，透过小窗我能看见大海。那天，我正抓住窗户栏杆，拼命想把头伸到阳光下面，这时一个狱卒进来说我有一名女访客。我想准是玛丽。果然是她。

去探访室的路上，我被带到一条长长的走道里，上一段楼梯，最后又是另一条走廊。一扇大窗把宽敞的房间照得很亮，高高的铁栅栏将其横向截成三个小房间。两道铁栅栏之间约有八到十米的间距，囚犯和访客们遥遥望着。我正对面就是玛丽，我认出了她的条纹连衣裙和棕褐色的脸。我这一侧差不多有十来个犯人，阿拉伯人居多。玛丽那边则挤满了摩尔人，她被夹在两个女人中间，一边是嘴唇紧紧抿着、一身素黑的老女人，另一边则是个披着头发的胖子，说话声很响，还不停比画着手势。铁栅栏将探访者和犯人之间隔得太远，两头喊话都必须抬高音量。我走进房间时，光秃秃的墙面回弹着声浪，刺眼的阳光照到窗上又四溅在屋里，让我一阵晕眩。习惯了牢房的阴暗与安静，我花了好几秒钟来适应新的环境。不过我渐渐瞧清楚了每张脸庞,像是被聚光灯照着一般。我注意到铁栅栏之间的走廊上,两头各坐着一名看守。阿拉伯囚犯和他们的访客面对面蹲坐在地上。他们没有高声喧哗。虽然周遭吵得很,他们却能用很低的声音让对方听见。他们低沉的絮语升上空中,盘桓在他们头顶,形成了与交错的话语呼应的低声部。这一切都是我走向玛丽时观察到的。她的脸已经紧贴在栅栏上,她努力冲我微笑。我觉得她漂亮极了,却不知道这事儿该怎么提起。

"还好吗?"她高声问道。"还好。""你看起来不错,需要的东西这儿都有吗?""都有。"

我们陷入了沉默,玛丽一直在微笑。胖女人朝我身旁的犯人大喊大叫,那无疑是她丈夫,高个儿,金发,眼神看起来很老实。他们继续交谈。

"让娜不要他了。"她声嘶力竭。"好,好。"男人说。"我告诉过她,你出来的时候就会接他回来,但她听不进去。"

玛丽高声转达了雷蒙的问候,我说"谢谢"。但我的声音立刻被旁边的人盖过去了,他在问"他身体还好吗?"胖女人笑着说"好得很!"而我左侧的犯人,一个瘦瘦的、双手纤细的年轻男子,却一言不发。我注意到他盯着对面的小个子老太太,而她也以某种强烈的热情回望他。但我不得不停止观察他们,因为玛丽在大声说千万不能失去希望。"好。"我回应道。我看着她的肩膀,想透过她薄薄的衣裙捏一捏。它细腻的质地令人着迷,我一时竟不知道除此之外还能对什么抱有希望。玛丽肯定和我有同样的念头,因为她一直在微笑。我眼里全是她牙齿闪耀的白光,以及她眼周的细纹。她又开始大声喊:"等你出来,我们就可以结婚了!"我说:"你真这么想吗?"其实只为了说点什么。然后她很快地、依然很大声地说真是这么想的,我会被无罪释放,就能一起去游泳了。但她旁边的女人还在嚷嚷,说自己在监狱办公室给丈夫留了一篮子东西。她把里面的物件一一列出,叮嘱他要仔细核对,因为花费不菲。另一侧的年轻人和他母亲依然相视无言。阿拉伯人的耳语声仍在低空嗡嗡作响。外面,膨胀的阳光像是在挤压窗子。

我有点不舒服,想逃离这里。噪声已经让我难受。但另一方面,我又不愿白白浪费掉玛丽陪我的机会。我不知道时间过去了多久。玛丽一直在跟我谈论她的工作,脸上一成不变地挂着微笑。低语、喊叫、谈话统统混在一起了。唯一安静的绿洲就在我身旁:年轻小伙和老太太无声地凝视着对方的眼睛。阿拉伯人被一个接一个地带走了。第一个人离开时，几乎所有人都鸦雀无声。小个子老太太往栅栏边靠了靠，与此同时，狱卒向她儿子示意该走了。"再见，妈妈。"他说。她的手从两根栅栏之间伸出，做出缓慢而久久摆动的告别的手势。

她前脚刚走，后脚就有个拿着帽子的男人取代了她的位置。新的犯人被带到我旁边，他们俩开始活跃地交谈起来，但声音不高，因为房间重归于安静。我右边的男人被叫走了，他妻子对着他大喊，好像不明白根本用不着喊："照顾好自己，别鲁莽！"下一个离开的是我。玛丽做了一个吻我的动作。往回走的时候我扭头看了她一眼，她没有动，她的脸仍然贴在栅栏上，无所适从又显得很紧张的微笑依然留在脸上。

我不久就收到了一封她的信。有很多我一辈子都不想谈论的事，就是从那时开始的。无论如何，我不想夸大任何事实，毕竟我比其他人遭的罪还更少一点。入狱的头些天里，最难过的一关是我还有自由人的想法。比如我总是沉溺于去沙滩游泳的幻想。我想象着脚下轻柔的细浪，水漫过全身的感觉，我在想象中体会到的释放感，反过来残忍地映衬出这四面墙围成的空间多么逼仄。但这种想法只持续了几个月。后来就是彻彻底底的囚徒思维了。我期待着每天去院子里放风，或是有律师来访。其余的时光我都安排得很合理。我常常想，就算被勒令生活在枯树干里，除了看头顶的云彩就无事可做，想必我也能渐渐适应的。我将期待着鸟的飞临和流云的际会，就像在这儿期待着律师那条古怪的领带，就像在另一个时空里，我盼望挨到星期六能紧紧搂住玛丽的身体。不过，仔细想想，我并没有生活在一棵枯树里。比我更糟的人多的是。对了，妈妈经常重复一个观点：人最终会适应一切。

其实我通常不会考虑这么多。前几个月很难熬，但我只能付出必需的努力去克服。比方说，对女人的欲望把我折磨得不轻。照我这个年纪，这事儿再正常不过。我从没特定地想起过玛丽。但我如此焦渴地想起女人，想起女人们，想起我认得的所有女人，我想的是我跟她们相爱的一幕幕场景。结果，小小牢房里充斥着她们的面孔和我欲望的幽灵。一方面，这让我精神上饱受痛苦；另一方面，也有助于消磨时间。我渐渐赢得了狱卒长的同情，每到饭点，他就跟厨房小伙计一起过来。首先是他开启了女人这个话题。他告诉我，关在这儿的男人抱怨最多的就是这事。我说我感同身受，觉得此种待遇极不公平。"但是，"他说，"这恰恰是我们把你们关在这儿的原因。""什么？为什么?""自由,"他说,"就是自由。你们的自由被剥夺了。"我从未考虑到这一层。我赞许地说:"的确,不然惩罚从何而来呢。""是的,您脑子很灵光。只有您。其他人不行。不过他们依靠自己的手,最终也能把问题解决。"他说完就离开了。

没烟抽也是一种考验。刚关进监狱时,他们没收了我的皮带、鞋带、领带和口袋里的一切东西,尤其是我的香烟。搬到单人牢房时,我问他们讨要,但他们说这里禁烟。头几天真是极其难受。那可能是对我打击最大的一件事。我甚至吮吸从木板床揪下的细屑作为替代品。一天到晚,我每时每刻都想吐。真搞不懂,吸烟明明不会伤害任何人,为什么却要剥夺这份权利?直到后来我才领会其中深意,这也是惩罚的一部分。不过就在醒悟的那一刻,我已经习惯了不吸烟,它便再也算不上惩罚了。

除去这些烦心事,我也并没有特别惨。全部的问题依然在于——我再说一次——如何消磨时间。我最终学会了通过锻炼记忆来摆脱无聊。有时我练习的对象从自己房间开始,我在想象中从一个角落出发,在心里一个一个地检索我一路上碰到的物件。最初,很快就能数完一遍。但每当我重复一遍,耗时就会增加一点。因为我先是回忆起每件家具，然后回忆每件家具上摆的每个物品，然后是每个物件的局部，然后再进一步，每个局部的细枝末节，诸如凹痕、锈迹、边缘的缺口，还有颜色和肌理。与此同时，我要求自己牢记清单从头至尾的顺序，不遗漏任何一项。几个星期后，我纯粹靠罗列房间里的东西就能打发好几个小时。如此反复，思考得越频繁，就有越多被遗忘或忽略的东西从记忆中涌现。我由此推论，在外面活一天，就能轻轻松松在监狱里活上一百年。他记忆的储备粮足以使他免于无聊。某种程度上，这也是一项好处。

再者，睡觉也能打发时间。起初我夜里睡得很不安稳，白天则从不睡觉。后来夜里的睡眠质量渐渐好转，白天也能略睡一会儿了。我敢说，最后那几个月，我一天要睡十六到十八个小时。此外只剩六个小时可供消磨，都花在了吃饭、解决生理需求、练习记忆、回味捷克斯洛伐克人的故事这些事情上面。

我在草席和床板之间发现一张报纸残片，几乎粘在褥布上，发黄，透明。它讲的是一则社会新闻，开头已经遗失，但猜得出发生在捷克斯洛伐克境内。一个男人离开他的捷克人的村庄去谋生。二十五年后，他发了财，终于携同妻儿衣锦还乡。他母亲和姐姐那时在村里经营一家旅馆。

他决定给她们一个惊喜，便将妻子和孩子安置在另一家旅馆，自己径直去了母亲那儿，母亲却没认出他。为了逗逗她们，他起意就地订一间房，还炫耀了自己身上的钱财。入夜，她们用锤子谋杀了他，劫走钱，又将尸体抛进了河里。翌日早晨，他妻子来寻他，不明就里地报出了客人的真实身份。他母亲因此上吊，姐姐则投了井。这则故事我反反复复读了上千遍。某种程度上它很离奇，但另一方面，也合情合理。不管怎么说，在我看来，这男人有点自讨苦吃，他不该耍那些小伎俩。

几个小时的瞌睡、回忆、阅读新闻、昼夜切换，时间就这样流逝了。我曾在书上了解到，在监狱里待久了就会失去时间意识。但这对我来说算不得什么。我此前就搞不懂，到底在何种程度上，日子既是短的也是长的。当然了，日子过起来就长到难挨，但未免太长了，一日与另一日之间甚至失掉了边界。那么也失掉了各自的名称。在我眼里，只有"昨天""明天"这种字眼还有些意义。

某天早上，狱卒说我关在这儿五个月了，我相信，但不理解。就我而言，无非是同一个白昼不断涌进我的牢室，而我竭力去完成的也是同一个任务。那天狱卒离开后，我从铁饭盒里端详着自己的脸。我的表情似乎一直那么严肃，哪怕我试图挤出微笑也依然如此。我变换着角度。我微笑，但反射出的始终是那副严厉、悲伤的神情。落日时分到了，这是我最不想说话的时候，我称之为"无名时刻"，傍晚的声响从监狱各层楼里升起，最终汇入寂静的行列中。我走近天窗，在最后一缕余晖中又瞧了瞧饭盒里的脸。它依旧严肃，既然那一刻我确实很严肃，又有什么值得惊讶的呢？但与之同时，我听到了数月以来从没听见的东西。我清晰地听到了自己的嗓音。我认出了那个在我耳畔鸣响了许多天的声音，我突然明白，我一直在跟自己说话。我回忆起妈妈葬礼上护士讲的话。不，无路可逃，没人能想象到狱中的傍晚是怎样的。

Ⅲ

可以说，两个夏天简直是接踵而来。随着天气一天天热起来，我知道有些新情况在等着我。我的案子将在巡回法庭的最后一轮进行审理，六月份就会有个了结。审判当天阳光很灿烂。律师向我保证审理最多持续两至三天。"而且，"他补充道，"法庭会快速处理的，毕竟这不是至关重要的大案。您后面紧接着还有一桩弑亲案等着他们呢。"

早上七点半，一辆押送犯人的车把我拉去了法庭。两个宪兵带我进了一间有些阴暗的小屋。我们坐在一扇门旁等着，透过那扇门可以听见各种说话声、喊声、椅子刮过地面的声音。一阵阵喧哗让我回忆起小镇上音乐会一结束，大厅就被清空用来跳舞的场面。宪兵说法官还没到，其中一个递来一根香烟，被我拒绝了。他凑过来问我"是不是有点怯场"。我说没有。在某种意义上，亲历审判现场甚至很吸引我。我一生都未曾有幸参与其中。"是啊，"另一个宪兵说，"但审到最后挺累人的。"

不一会儿，房间里的小电铃就响了。他们解开我的手铐。他们推开门，把我引向被告席。法庭上人声鼎沸。百叶窗虽然拉下了，光还是从缝隙里透过来，空气热得令人窒息。窗户一直紧闭着。我坐下，警察们站在我两侧。就在此刻，我注意到我对面有一排脸。他们盯着我看，我猜那就是陪审团了。但我很难把他们当作单独的个体来看待。我唯一的感觉是，就像上了一辆有轨电车，对面长凳上坐满了不知名的乘客，他们打量着刚上车的你，指望在你身上发现可供取乐的东西。当然，我知道这种类比荒谬得很，毕竟这群人要在我身上寻找的不是什么笑话，而是罪证。不过二者差异不大，反正这是我真实的想法。

黑压压的人群让我有点头昏。我扫视了一圈法庭，并没有熟悉的面孔。一开始我简直不敢相信有这么多人赶来旁听我的庭审。通常没人会注意到我。我费了好大的劲儿才明白过来，我就是这场骚动的起因。"人真多啊！"我对宪兵如是说。他解释说这源于各家报纸的报道，然后指着站在陪审席下面那张桌子旁的一群人："就是他们。""谁？"我问。"记者。"他重复了一遍。他还跟其中一名记者相熟，后者正巧看见了他，就朝我们走了过来。这位上了年纪的先生颇有风度，脸长得有点搞怪。他很热情地跟宪兵握握手。就在那时，我发觉法庭里的所有人都彼此相识，他们互相寒暄，交头接耳，就像在俱乐部里，一群趣味相仿的人聚在一起其乐融融。这也解释了我觉得自己尴尬多余的那种古怪印象，我仿佛一位不速之客。不过记者跟我说话时带着微笑。他希望我能一切顺利。我对他表示了感谢，旋即他补充道："您知道吗，您的案子我们跟踪得很勤。夏天对记者来说是淡季，除了您的案子和那桩弑亲案之外，没什么好写的。"然后他让我把视线转移到他刚离开的那群记者中，一个矮墩墩的、戴着巨大的黑框圆眼镜的家伙，很像一只发福的鼬。他说那是一家巴黎的日报派来的特约通讯记者："其实他并不是为您而来。他是过来旁听弑亲案的，但是报社要求他连您的案子一起报道。"我差点又要跟他说谢谢了。不过这样似乎有些傻。他友善地朝我挥了挥手便离开了。我们又等了几分钟。

我的律师穿着罩袍，跟他的同事们一起走了进来。他走向记者席和那些人握手。他们聚在一起有说有笑，像在家里一样自在,直到刺耳的铃声回荡在法庭上空,所有人才各就其位。律师走向我,跟我握手,建议我尽量简短地回答所有问题,不要主动提供信息,其余的靠他就行了。

我左边传来一阵拖动椅子的声响,一个瘦高、戴着夹鼻眼镜的男人入席,忙着整理他的红色长袍。我猜这位便是检察官了。一个执达员宣布即将开庭。在同一瞬间,两台大吊扇也开始嗡嗡作响。三位法官,两个身着黑袍,另一个身着红袍,带着卷宗迅速地走上了离地好几尺的高台。身穿红袍的庭长占据了中间那张高背椅,将高帽置于桌上,用手帕擦了擦他的小秃头,宣布公开审理现在开始。

记者们手里已经握好了钢笔。他们的神情透露出些许不怀好意的冷淡。但其中一人把笔搁在一边,目不转睛地望着我。他比同事们要年轻得多,衣服是灰色法兰绒料子,配一条蓝领带。他的脸略有点歪,吸引我的却是那双明亮的眼睛,它们专注于审视我,并未表示出任何确切的情绪。我生出一种奇怪的感觉,就像我正被自己细细打量。或许正因为此,或许因为我不熟悉庭审的流程,接下来发生的一切我都不太理解:陪审团抽签,庭长依次向律师、检察官、陪审团提问(每次提问,所有陪审团成员都一起对着法官席摇头),起诉书被匆匆宣读了一遍(我听到了一些熟悉的人名和地名），然后，又对我的律师提了一些补充性问题。

庭长宣布请目击证人入庭。执达员念出的一些名字让我心里一惊。我看到他们一个接一个地从刚才乱糟糟的人群中起身，然后在侧门消失了：养老院院长和看门人，老托马·佩雷，雷蒙，马松，萨拉马诺以及玛丽。玛丽朝我怯生生地挥了挥手。我还没走出震惊的情绪，为什么我此前一点儿都没注意到他们。就在那时，我听到最后一个名字：瑟莱斯特。他站起来的时候，我发现他身旁就是和我一同在饭店用餐的矮女人，她穿着夹克，散发着锐利而凛冽的气场。她密切地注视着我。但我没时间去多想，因为庭长又开始说话了。他说质辩环节即将开始，想必不消他提醒，诸位也知道要保持肃静。他说自己的职责是不偏不倚地引导论辩进程，他希望能以客观的态度来对待这件案子。陪审团的裁决意见也必须秉承正义之精神，在任何情况下，哪怕有一点点骚乱他都会进行清场。

气温在升高，房间里的助理们开始拿报纸当扇子扇。报纸的沙沙声不绝于耳。执达员在庭长的暗示下拿来了三把草编的扇子，三名法官立刻就用上了。

对我的讯问马上开始了。庭长很冷静地对我进行询问，我甚至觉得带有一丝友善。他又让我报告了一遍自己的身份，虽然令人恼火，但我也明白这再正常不过，毕竟，假如审错了人，后果不堪设想。随后，庭长开始一一叙述我的行径，每说两三句就要停下来问我："是否无误？"我每次都回答："无误，先生。"这是律师教导过我的。整个过程持续了很久，庭长的叙事占了很长时间。记者们则一直在记录。我能感受到那个年轻记者和木偶般的矮女人投来的目光。坐在"电车长凳"上的陪审员们都扭头望着庭长。此刻他轻咳了一声，翻看着卷宗，一边扇扇子，一边又转向我这边。

他说现在要问我一些看起来不着边际但其实跟案子关联极大的问题。我猜他要谈的是妈妈的事，顿时厌烦起来。他问我为什么要把妈妈送去养老院。我说为了让她能得到看护和照料。然后他问，我和妈妈分开是不是在感情上不能接受的。我回答说，我和妈妈对我们彼此，或者说对任何人，都没抱什么指望，所以我们俩都很快适应了各自的新生活。庭长说他不想就这个问题继续纠缠，他问检察官有无其他问题要提。

检察官侧对着我，眼睛也没看向我，他说经庭长授权，他想问我，独自走回泉眼时有没有杀害那个阿拉伯人的意图。我回答"没有"。"那您为什么会带着武器，又为何恰好走回了那里？"我说纯粹出于偶然。检察官用一种带有恶意的语气说："先到这里吧。"后续的进程并不清楚，至少，我不清楚。短暂交换了意见之后，庭长宣布休庭，下午重新开庭，届时将听取证人的发言。

我还没弄清状况，就被押送车运回去了，我在监狱用了午餐。过了一小会儿，我刚开始感到有点疲倦，他们就过来接我了。我回到同样的地点，面对同样的脸，一切从头再来。唯一的变化是炎热愈演愈烈，而且，犹如奇迹降临，陪审团成员、检察官、我的律师甚至一部分记者，全都用上了草编的扇子。那位年轻记者和矮个子女人依然在那儿。不过他们没有扇子，依旧严肃地盯着我。

我擦了擦脸上的汗，渐渐能意识到自己在哪儿、在做什么，这时我听见养老院院长被传唤到证人席上。当他被问及我妈妈是否抱怨过我，他回答说是的，并补充道，几乎所有住在养老院的人都有抱怨自己亲人的癖好。庭长要求他具体说说，她是否责备我把她送到养老院，院长又回答"是的"，但这一次没多说什么。回答另一个问题时，他说葬礼那天我的冷静让人吃惊。他被要求解释"冷静"具体指什么意思。他盯着自己的鞋尖，说我连妈妈的遗体都不想看一眼，也没流过一滴眼泪，葬礼结束后我就马上离开了,也没在妈妈墓前默哀。更让他震惊的是,一个殡仪人员跟他说,我连妈妈的年纪都不清楚。全场陷入了沉默,庭长问他指的是不是站在被告席上的我。养老院院长一下子蒙住了,庭长解释说:"这是必要的程序。"然后庭长转向检察官,问他有什么问题要对证人提出,他大声答道:"哦,没有,已经够了。"他瞥了我一眼,眼神锐利又显得扬扬得意。生平第一次,我产生了想哭的愚蠢冲动,原来这些人竟如此讨厌我。

庭长问过陪审团和我的律师是否打算提问之后,便听取了看门人的证词。于是相同的程序又走了一遍。登上证人席时他朝我看了一眼,随即把目光收了回去。一问一答开始了。他说我拒绝看妈妈的遗体,说我抽烟,说我睡了觉,说我喝了加奶的咖啡。我察觉到一阵骚动在法庭上蔓延开来,我头一次觉得自己有罪。他们要求看门人复述一下我抽烟、喝咖啡的事情。检察官转向我,眼里闪烁着讥讽。此时,我的律师问看门人有没有和我一起抽烟。可检察官愤怒地站起,打断了这个问题:"看看这是一个怎样的罪犯!看看这都是什么好手段,去诽谤一个出庭的证人,想要颠覆不利于被告的有力证据!"尽管如此,庭长坚持让看门人继续回答这个问题。老家伙有点儿尴尬:"我知道不应该这么做，但我不敢拒绝他递来的烟。"庭长最后问我有什么话要补充。"没有别的了，"我说，"证人说的话属实，烟确实是我递给他的。"看门人略有些惊讶地看着我，又怀着一丝感激。他犹豫了一下，然后说，是他主动提议来杯奶咖的。我的律师得意地高声喝彩，他建议陪审团好好考虑这段证词。但检察官在我们头顶愤怒地申斥说："没错，陪审团的诸位先生自然会明鉴是非。他们会得出如下结论：一位陌生人当然有权提议喝杯咖啡，但身为人子，在赋予他生命的这个女人的遗体面前，就理应拒绝邀请。"之后看门人就回到了座位上。

轮到托马·佩雷时，一名执达员搀扶他登上了证人席。佩雷交代说，他是我妈妈的挚友，但他只见过我一次，就是在葬礼上。当被问及我那天在葬礼上的表现，他说："我非常非常悲伤，你们知道的，悲伤到无暇注意别的事。悲伤压倒了我，这对我来说是巨大的打击，而且我当时昏过去了。所以我根本没注意到这位先生。"检察官请他至少说说是否看到我哭泣，佩雷回答说"没有"。检察官接着说："我相信陪审团会慎重考虑。"但我的律师恼火了。他以一种在我看来过于夸张的语气质问佩雷，是否真的看见我没流泪。佩雷说："没看到。"大家哄笑起来。而我的律师卷起一只袖子，严厉地抗辩："这就是诉讼的典型做派。什么都是真的，但什么都不是真的！"检察官阴沉着脸，忙着用铅笔在卷宗的标题上做标记。

接着是五分钟的休息时间，我的律师跟我说一切进展得十分顺利。然后瑟莱斯特被传唤，他是被告的证人。被告指的是我。瑟莱斯特时不时地朝我望一眼，手里一直摆弄着那顶巴拿马草帽。他穿上了一套崭新的正装，他只有礼拜天跟我一起去赛马场的时候才穿成这样。但很显然，他不知道怎么戴上硬领，因为他衬衫上只扣了一颗铜扣。当被问及我是不是他的顾客时，他回答道："是的，顾客兼朋友。"至于如何评价我，他说我"人还行"。他又被追问那是什么意思，便说，就是大家都懂的那种意思。当被问到我是不是一个自闭的人，他说我只是不喜欢没话找话。检察官接着问他我有没有按时付账。瑟莱斯特大笑起来："那是我们俩之间的事。"他们又问他如何看待这桩犯罪。他把手放在证人席前面的栏杆上，一副要发表讲话的阵势。他说："在我看来这纯属一场厄运。一场厄运，你们所有人都知道这是什么意思。随便你们怎么想。但是！对于我，它就是一场意外的厄运。"他正欲说下去，庭长说到此为止了，谢谢。瑟莱斯特有些目瞪口呆，他解释说自己的话还没讲完。他被要求言简意赅一些。他只是不断在重复：这是一场厄运。庭长说："好了，我们知道了。但我们坐在这儿就是要审判这一类的厄运。谢谢您的陈词。"瑟莱斯特似乎已经穷尽了自己的才能和善意，他转身看着我。他眼里似乎闪着泪光，嘴唇翕动，仿佛在问我他还能为我做些什么。我一句话也没说，也没任何反应，但第一次萌生了想吻一个男人的冲动。庭长再次命令他从证人席上离开。瑟莱斯特穿过人群坐回了自己的位置。余下的庭审他都坚持听完了，他身体前倾，胳膊肘放在膝盖上，手里拿着草帽，仔细听着每个人说过的每一句话。下一个是玛丽。她戴了一顶帽子，看起来迷人依旧。但我宁愿她不戴帽子。站在我那个角度，她胸部柔美的曲线让我浮想翩翩，我也极喜欢她微微隆起的下嘴唇。她看起来十分紧张。第一个问题：她认识我多长时间了？她说是从我们做同事的那时候起。庭长问她我们是什么关系。她说是我朋友。回答另一个问题时，她则承认她的确要嫁给我。一直在低头翻卷宗的检察官，突然问她我们是什么时候"发生关系"的。她说了日期。他以一种随意的口吻说，那好像就是我妈妈去世第二天吧。他不无讽刺地说，为了照顾到玛丽不安的心情，他本不想在这微妙的话题上追根究底，但是（他语气变得愈加严厉）他的职责要求他超脱于繁文缛节的束缚。接着，他要求玛丽概述一下我们第一次发生关系那天究竟干了些什么，玛丽不愿意回答，但在检察官的一再坚持下，她说我们游泳时相遇，一起去看了电影，最后去了我的住处。检察官根据玛丽的笔录去调查了那一天的电影排片单。他要求玛丽自己说出来，我们看的是哪部电影。她像自言自语般小声回答说，是一部费南代尔出演的电影。她供述完毕，法庭陷入了绝对的寂静。检察官表情严峻地站起来，他的声音让我觉察到他动了真感情。他指着我，一字一顿地说道："各位陪审团成员，请你们注意，这个男人在母亲葬礼后的第二天就去游泳，跟一个女孩发生了关系，还看着喜剧片哈哈大笑。这就是我要说的话了。"他坐下时，全场依然寂静一片。但玛丽突然抽泣起来，她说事情完全不是这样，是另一番样子，她说自己被逼着说出了跟她所想的完全相反的话，她说她非常了解我，我没有做任何错事。但在庭长的示意下，执达员把她带走了，庭审继续。

马松的证词几乎没人在听。他声称我是个诚实的人，"而且，是个正派人。"同样也没人关注萨拉马诺在说什么，他回忆说，我对他的狗很友善，回答关于我妈妈和我的问题时，他则说我和妈妈没什么共同语言，正因如此我才把她送进养老院。"你们必须理解这一点,"他又补充道,"必须理解这一点。"但似乎没人能理解。他说完就被带下去了。

雷蒙是下一个也是最后一个证人。他朝我轻轻挥了手,一开口就说我是清白的。法官制止了他,说并不是请他来发表意见的,陈述事实即可。也就是说,他只需负责回答法庭既有的问题。他被要求澄清他和死者的关系。雷蒙趁机说,其实死者恨的是他而不是我,因为他揍了死者的妹妹。但庭长转而问他,死者是否就没有恨我的理由。雷蒙说我出现在沙滩上纯粹出于巧合。检察官问,既然如此,导致整个悲剧的那封信却是出自我手,这件事又如何解释。雷蒙说同样也事发偶然。检察官反驳说,"偶然"在整个故事里真是做尽了坏事,把良心都败坏了。他想知道,雷蒙揍他的情人时我没有出面干涉,是否也出于偶然;我去警察局为雷蒙做证,是否也出于偶然;而我的证言通篇皆是献殷勤的好话,这是不是又出于偶然呢。最后他询问了雷蒙的职业。雷蒙说是"仓库保管员",结果检察官对陪审团宣布:众所周知,证人从事的乃是拉皮条的行当。而我,则是他的朋友兼同谋。这桩荒淫的悲剧本就污秽不堪,更可憎的是,我们无异于丧失了道德感的怪物。雷蒙急于辩护,我的律师也提出抗议,但他们被告知不能打断检察官说话。"我差不多说完了。"检察官说。他向雷蒙转过身来："被告是您的朋友吗？""没错，"雷蒙说，"他是我哥们。"检察官随后问了我相同的问题。我的目光望向了雷蒙，他没有回避。我回答道："是的。"检察官面朝陪审团说道："就是这个人，在他母亲入葬的第二天，就进行了最无耻的淫乱活动，而且仅仅为了一些微不足道的琐事，为了清算一桩伤风败俗的情事，就动手杀人。"

然后他坐下了。我的律师完全失去了耐心，他举起双臂高呼，以至于袖子都掉了下来，露出一截浆洗过的衬衫的褶子："那么请问，被告之所以遭到指控，到底是因为他给母亲送葬，还是因为他杀了人？"法庭响起一阵嗤笑声。检察官再度站起，抖了抖披在身上的法袍。他说，这位尊贵的辩护人一定是天真到了极点，居然看不见两件事之间存在如此深刻的、感人的、本质性的关联。"没错，"他愤愤地高声喊道，"我就是要指控他为母亲送葬时怀着一颗罪恶的心。"这番宣告似乎对场下听众很奏效。我的律师只能耸耸肩，擦去额上细密的汗珠。他显然深受震撼，我知道大事不妙了。

审讯结束了。走出法院登上押送车的时候，有一瞬间我认出了夏日傍晚久违的色彩和气味。坐进这个可移动的牢房，黑暗中，我从疲惫的大脑深处逐一找回了熟悉的声音：我钟爱的城市，或者最惬意的那一个钟头。报纸叫卖声在空气中传得很远，露天花园里最后的鸟鸣，三明治店家的吆喝，途经城市高地的电车转弯时刺耳的呻吟声，天空将夜色抛向港口之前发出的喧哗，它们为我画出一条盲目的路线，而入狱前我对沿途风景都是了然的。是的，就在这一刻，我感到自己很久没这样心满意足了。等着我的是轻盈、无梦的酣睡。然而有些东西已经变了，我是在牢房里等待着第二天的到来。仿佛那些熟悉的道路在夏日天空里留下痕迹，它们既能把我带进监狱，也能通往无瑕的睡眠。

IV

纵使站在被告席上，听别人谈论自己也是件有趣的事。检察官和律师进行辩论时，我可以说，他们更多在谈论我这个人，甚于谈论罪行本身。但二者又有多大区别？我的辩护律师高举着胳膊，承认我有罪，但情有可原；检察官伸出双手来，宣布我有罪，且罪无可赦。有件事让我略感失望。尽管心中焦虑，我依然时不时地想要插嘴，但我的律师总说："不作声对您更有利。"他们处理这件案子时仿佛将我全然撇开，一切都在没有我介入的情况下展开。甚至无人征求我的意见，我的命运就被决定了。我常常想打断他们："等等，到底谁是被告？被告在这个场合是多么重要。我有话要说！"但一番思忖过后，其实又没什么要说的。而且我承认，我这个人与别人交流的欲望从不会持续太久。比如说，我很快就对检察官的指控感到厌烦。吸引我的或者让我印象深刻的，总是从整体中抽离出来的只言片语、某些手势或是滔滔不绝的雄辩。

如果我没理解错的话，归根结底，他认定我的犯罪是有预谋的。至少这是他试图去证明的。正如他所说："先生们，我将从两方面亮出证据：首先是铁证如山的犯罪事实；其次是这罪恶灵魂的邪念给我提供的心理启示。"他从妈妈的死开始讲起，概述了各项事实。他强调了我的冷漠，提到我不知妈妈的岁数，翌日又去和女人游泳，看了费南代尔演的电影，以及最后带玛丽回家。一开始我没搞懂他的意思，他一直说什么"被告的情人"，对我来说，原本那就是"玛丽"。接着他又提到了雷蒙。我发现他看事情的方式倒是不乏条理。我写了封信与雷蒙勾结，为了引出他的情人，使之遭受一个"道德可疑"的男人的恶劣对待。在沙滩上，我向雷蒙的敌人挑衅。雷蒙负伤了。我要来了他的手枪，独自走回去，为的是使用这把枪。我有预谋地杀害了阿拉伯人。我停了一会儿。然后，"为了干净利落"，我故意又开了四枪，在某种程度上这堪称审慎之举。

"先生们，情况就是这样，"他说，"我已为你们画出了这起谋杀案的因果链,此人很清楚他的所作所为。我必须特别强调的是,这并非一桩普通的凶杀案,不存在可以减罪的过失冲动。先生们,此人机智得很。你们也都听到了他怎么说话的,对吧?他深知怎么斟酌词句。我们无法认为,他犯罪时对自己的行为一无所知。"

我注意他着重强调了我的机智。但令我迷惑的是,一个正常人的正常品质竟会成为某种罪行的有力证据。至少,这将我震住了,他后续的话也便没听进去,直到又听他说:"他对自己丑恶的罪行表达过丝毫悔意吗?只字未提,先生们。整个过程中他没表现出哪怕一丁点的忏悔。"他转向了我,指着我,继续对我非难。我实在弄不懂为何变成这样。当然了,我得承认他的话不无道理,我确实没怎么对自己的行径感到过悔恨。但他表现得如此激烈,则让人震动。我很想以一种友善甚至友爱的方式跟他解释,我这辈子都没对任何事真正地悔恨过。我总是为将至之事操心,担心着今天或明天。但此种境地下,我自然不宜以这种口吻跟任何人讲话。我无权对人示好,或者表现自己良善的意愿。我试图继续听下去,因为检察官开始谈论起我的灵魂。

他说,陪审团的诸位先生,他曾仔细研究过这个灵魂,但一无所获。他说,实际上我没有灵魂,没有人性,心中毫无道德准则。"当然,"他说,"我们不该因此而去责备他。他不具备某种品质,我们不能就责怪他的缺陷。然而在法庭上,宽容,这不合时宜的美德,应该让位于正义那更严厉、更崇高的德行。此人灵魂之空虚,宛如一道深渊,整个社会都可能会深陷其中,被其摧毁。"他继而谈到我对妈妈的态度,又重复了之前的辩词。但他此番讲话比之前要长得多,长到我除了早晨的热浪就什么也感受不到了。终于,检察官停顿了片刻,以低沉而庄严的语气说道:"先生们,明日同一地点,我们将审判有史以来最丑恶的案件之一,一桩弑父案。"在他看来,此般罪行简直不可想象,但他坚信正义自会惩恶扬善。可是,他敢说,我的冷漠给人的恐怖盖过了此案带来的恐怖。他相信,一个人从道德上杀死自己的母亲,又何异于将赋予自己生命的父亲谋杀,二者皆与人类社会格格不入。不管怎样,前一桩罪都是后一桩罪的铺垫,甚至使后者合法化。"先生们,我确信这一点,"他接着说了下去,音量陡然提高,"你们会发现我并未夸大其词,坐在这里的被告和明天待审的人一样罪孽深重。他必须遭受惩罚。"检察官停下来,擦了擦汗珠闪烁的脸颊。他说他的职责令他痛苦不堪,但他必得义不容辞地执行。他说我这种无视基本准则的人不为社会所容,我也无权乞求任何人的怜悯，因为我压根不懂得最基础的情感反应。"我请求你们取下此人的脑袋，"他说，"当我做这样的请求，心境是如此无碍。虽然漫长的职业生涯中，我也曾请求过执行死刑判决，但从未像今天这般感到艰难的职责恰好得到了平衡，从未如此强烈地被一种崇高的、神圣的命令所驱使。从这张毫无人性的脸上，我只感受到深深的憎恶。"

　　检察官坐下后，场面一度陷入长久的沉默。我被炎热和自己的惊愕搞得晕头转向。庭长咳了一声，低声问我有什么话要说。我站了起来，因为我想说点什么。我张口说的第一件事就是我没有杀害阿拉伯人的意图。庭长说法庭会予以考虑，同时他承认，到目前为止，他还不太理解我的辩词，他想在我的律师发言之前弄清我的犯罪动机。我说得有点口齿不清、语无伦次，同时意识到这听起来极其可笑。我说，那是由于太阳的缘故。我听见法庭里响起一阵哄笑。我的律师耸耸肩，然后轮到他发言。不过他只说时间不早了，他要花几个小时来总结陈词，故而请求推迟到下午。法庭准许了。

　　下午，巨型电风扇还在不停地搅拌滞重的空气，陪审团成员们都摇着五颜六色的小扇子。律师的辩词对我来说冗长至极。不过，有那么一刻，我竖起耳朵听见他说："是我杀的人。"他继续用这种口吻说了下去，使用"我"的时候，实际上指的是我本人。我非常惊讶，弯腰询问宪兵这是为什么。他先是让我闭嘴，过了一会儿，悄悄说道："律师们都这么干。"这看上去仍要把我排除出我自己的案子，把我的存在感降低为零，简而言之，就是让别人替我说话。不过这不要紧，我觉得已全然神游于法庭和它乏味的进展之外。再说，我的律师看上去可笑极了。他急匆匆地针对挑衅开始了辩护，然后也谈论起了我的灵魂。但我认为其口才远不如那位检察官。"我也仔细研究过此人的灵魂，但结论迥异于这位公共检察代表，我确实有所收获。当然，我也可以说，这些发现是一目了然的。"他眼中的我是个正派人士，对老板尽职尽责，与人为善，对他人的困境富有同情心。在他的描述里我是个孝子，尽己所能地赡养自己的母亲。最后，为了让母亲得到我所不能提供的慰藉，我才决定把母亲送去养老院。"先生们，我感到震惊，"他补充道，"竟有人对养老院横加议论。若想证明这类机构的用处与伟大，只消想想为它们拨款的乃是国家政府。"我注意到他根本没提葬礼的事，这可以说是严重的漏洞。不过，在他的絮絮叨叨和关于我的"灵魂"的无穷无尽的讨论之中，我感觉一切都变成了无色的水涡，让人头晕目眩。

最后，我只记得一个小插曲。我的律师不停地说啊说，一个卖冰激凌的小贩突然在街上吹起喇叭，微弱而凄凉的声响回荡在法庭上空。记忆的洪流纷至沓来，这是我生命的记忆，即使这生命往后不再属于我。这些记忆曾给予我微小而持续的欢愉：夏日温暖的味道，我最喜欢的街区，傍晚的天空，玛丽的裙子和她的笑声。此时此地，我的在场毫无用处，让人窒息、反胃。我仅有一个念头：快点结束，回到牢房，沉沉地睡去……昏昏沉沉中我听到律师在咆哮，他在劝说陪审团成员不要因一个人的一时失足，就把这诚实的劳动者送上断头台。他请求从宽处理，因为我已背负了最沉重的惩罚——余生在悔恨中度过。法庭中止了辩论，我的律师坐了下来，看上去精疲力尽。几个同事走向他，跟他握了握手："太精彩了，老兄！"他们这般说。另一个甚至问我："您难道不觉得吗？"我表示了赞同，但并非真心，因为实在累得不行。

白日将尽，天也不那么热了。听街上传来窸窣的声响，我知道傍晚的凉意开始袭来。我们都坐在那儿等着，等一个除我之外没人真正在乎的结果。我环视了一圈法庭，和第一天来的时候没什么两样。我和灰衣记者、木偶女人的目光又相撞了。这让我想起,庭审期间我从未想要看玛丽一眼。不是因为我把她忘了,而是我要注意的事情太多了。现在我看到她了,她坐在瑟莱斯特和雷蒙中间,朝我轻轻挥了挥手,仿佛在说"终于结束了",她笑容里透着紧张。而我的心已冷硬如石,甚至没法报之以笑容。

重新开庭。法官先是快速朗读了一遍对陪审团提出的一连串问题。我听清了几个词:"蓄意杀人……挑衅……从轻量刑……"陪审团走出去了,我被带进一个小等候室。我的律师来看望我,他口若悬河,说话更有底气和自信了。他向我担保一切都会顺利,我只需在监狱里待几年或是被流放几年。我问他翻盘的概率有多大,他说那是不可能的。他的策略是避免攻击陪审团做出的结论,以防激怒他们。他说一个判决不会无缘由地撤销。我对此表示理解。客观来说,这很正常。如果不这样的话,那官司就无休无止了。"总之,"律师说,"我们还可以上诉。但我相信结果对我们是有利的。"我们等了很久,差不多三刻钟吧,我猜。铃声响了,律师说:"陪审团主席将宣布他们的决定,您先待在这儿等候判决。"几扇门重重地打开。我听见一些匆匆下楼的脚步声,但分辨不出它们离我近还是远。然后我听见一个声音在法庭上嗡嗡响起。铃声再度响起,门开了,我走回被告席。周围鸦雀无声。那种死寂带来一种奇怪的感觉,我发现那个年轻记者已经把目光移开。我没朝玛丽那边看。实际上,我来不及东张西望,因为庭长直接以一种怪异的口吻宣布:以法兰西人民之名义,我将被斩首示众。那一瞬间,我似乎理解了在场所有人的表情:一种礼貌的怜悯。宪兵对我也很友善。律师将手搭在我的腕上。我大脑一片空白。庭长问我有什么要说的话,我想了片刻,回答说:"没有。"然后我就被带走了。

V

我已经第三次拒绝见神甫了。我跟他没什么好说的，也不想说，反正过不了多久我又要见到他。我此刻唯一关心的就是能不能躲过断头台，能否从绝境中觅得一线生机。我搬到了另一间牢房。躺下时，我能看见天空，但能看见的也只有天空了。我整日观察着天空那从昼到夜颜色渐衰的样子。我躺着，手枕在头下面，等着。我一直在想，有没有死刑犯在最后一刻逃脱断头台，冲破警察包围圈的先例。我责备自己对处刑还不够关心。人应该对此多些了解。因为谁也不知道可能会发生什么。跟大家一样，我也看过报纸上的死刑报道。这世上肯定还有研究这个话题的专著，只是我从来没兴趣翻阅。里面也许记载着一些死里逃生的故事。比如，我至少可以记住这样的情形：当断头台的滑轮停了下来，就那么唯一一次，运气和偶然性遏止了难以阻挡的判决。从某种程度上说，这对我已经足够了。剩下的事，我在心里就可以解决。报纸上经常说什么"欠社会的债"。如他们所言，这笔债应该由犯罪者来偿还。但这种言论毫不令人意外。我唯一关心的就是逃跑的可能性，击败他们残忍的嗜血欲的可能性，疯狂奔向自由的可能性——哪怕只有一线希望。当然了，所谓希望无非是全力逃跑时，在拐角处被流弹击中的命运。考虑到所有这一切，就连期望也是不允许的，我又重新被押在断头台上。

就算我愿意接受，我也绝不能接受这种蛮横的确定性。说到底，从宣判的那一刻起，在以这种确定性为依据的判决和不可动摇的执行判决的进程之间，就存在着一种可笑的不平衡。判决若是晚上八点钟而不是下午五点钟宣布的，其结果可能截然不同，它是被一群刚刚换上衬衣的普通民众决定的，它是被模糊地冠以"法兰西人民"（也可能是德国或中国人民）的名义做出的。种种迹象都表明，这份判决并没有多少分量。但必须承认的是，从死刑判决给出的那一刻起，它就对我产生了有力的、坚实的影响，正如此刻承受着我全部身体的硬邦邦的墙一样。

与此同时，我想起妈妈常常讲起的一个关于爸爸的故事。我从没见过他。我对他全部的了解都源于妈妈的讲述，其中一件事就是他曾围观对一个谋杀犯行刑。在去之前他就觉得很反胃，但还是去了。回来时差不多吐了大半个上午。当时，父亲的行为让我觉得很恶心。但现在我明白了，那太自然不过了。我以前怎么就不明白，其实没什么事比死刑更重要了，实际上，它才是真正吸引人的事情！假如我有幸出狱，也会围观每一场死刑。毫无疑问，去思考那种可能性是不明智的。因为只要想象着重获自由的自己，在一天清晨站在警察封锁线外，也就是说，变成一个可以回家呕吐的旁观者，一阵苦涩的喜悦就会萌生心间。任由我的思绪如此飘忽是愚蠢的，不一会儿，我就感到一阵可怕的寒意，必须用毯子裹紧自己才行。但我的牙齿还在打战，什么方法都无济于事。

但是，正常情况下，人不可能时刻保持理智。比如说，有时我会幻想去制定新的法律。我会改革刑罚制度。我发现最重要的就是给死刑犯一个机会。哪怕只有千分之一的机会，也能让情况好转。我觉得应该使用一种药物，十次中有九次的概率能杀死受刑者（我指的是受刑者）。他应当被如实告知，这是个前提条件。经过反复的琢磨、冷静的思考，我得出的结论是，断头台之所以不合理，是因为犯人根本没有任何生还的概率，一点都没。实际上，受刑者的死亡是不留余地的，一锤定音。它是性质确切的死局，混不进任何可能性，其协定内容也是众所周知的，毫无商量的余地。即使存在侥幸，比如斩刀出问题的话，一切也只是再来一次罢了。所以真正恼人的是，死刑犯不得不祈祷断头台能正常工作。在我看来，这是它有缺陷的一方面。在某种意义上，确实如此。但另一方面，我得承认，这恰恰是任何组织得以良好运转的奥秘。归根结底，死刑犯必须在道德上予以配合。他要关心的，就是一切都毫无障碍地运行。

我必须承认，直到现在，我关于此事的认知还并不确切。不知什么缘故，我一直以来都确信，必须先走上绞刑架，登几级台阶，才能到达断头台。我有这样的想法，大概缘于1789年大革命。我是说，因为别人教我或展示给我的东西就是那样。但有一天早晨，我突然想起了报纸上刊登过的一张照片，记录的是一场著名的死刑。实际上，断头台就简简单单摆在地上，没什么比这更简陋的了。也比我想象的要窄得多。我此前竟从未意识到这一点，真奇怪。这件老生常谈的机械，最让我震惊的是它精密、细腻、闪闪发亮的工艺品般的质地。人们对不熟悉的事物不免夸大其词。现如今我承认一切实际上非常简单：断头台的高度跟走向它的那个人的身高等同。人靠近它，就像跟另一个人相遇。这很糟糕。我以为爬上断头台犹如登天，我全部的想象力都曾寄托于此。但这个想法被机器抹杀了。就这样不起眼地死掉了，有点儿丢人，虽然死得很精确。

还有两件事我一直在考虑：即将到来的黎明和我的上诉。然而，我总希望自己理性一点，竭力不去想这些事。我躺下，望着天空，努力对它产生兴致。当天空渐渐转绿，我知道夜晚即将来临。我努力去想别的事情。我倾听自己的心跳。我不敢相信，这一直伴随着我的怦怦的心跳终会停止。想象不是我的强项，但我仍尝试着想象自己不再能听到心跳的那一刻。不过失败了。黎明和我的上诉仍然回荡在脑子里。我最终告诉自己，此刻最应该做的就是不必去强迫自己了。

我知道，他们通常在黎明时到来。因此，我整夜整夜地等待黎明。我从不喜欢突发的事。有什么事要发生的时候，我宁愿做好准备。这就是为何我只在白天睡一会儿，整晚都在观察夜空，直到破晓的第一缕光映在窗玻璃上。最难熬的是那晦暗不明的时辰，我知道他们通常那时候开始动手。午夜过后，我等待着，留意着动静。我的耳朵从未接收过如此多的噪声，也未曾分辨过这么多细微的声响。不过，我得说我是幸运的，因为整个过程中我没听见脚步声。妈妈常说，一个人不可能全然被痛苦包围。当天光渐明，我的牢房被照亮的时候，我觉得她说得挺对的。因为我本来可能已经听到了脚步声，我的心可能已经炸裂了。即使最轻微的声音都能让我冲向门边，把耳朵紧贴在木头上，我听得如此专注以至于能听见自己嘶哑的呼吸，就像狗在气喘吁吁。一切过去之后，我的心并没有崩溃，我又赢得了二十四小时的缓刑。

一天到晚，我都在琢磨上诉的事。我确信自己抓住了这个念头的要害所在。我计算了现实处境，并在头脑里演算出了最佳的收益。我总习惯于设想最糟的情况：我的上诉会被驳回。"我就只能等死了。"显然，比别人死得早得多。但谁都知道这辈子本来就不值得一过。后来，我觉得三十岁死还是七十岁死没多大差别，因为其他男男女女会照旧存活下去，几千年来维持着老样子。总之，这是再明显不过的事实。但那个将死之人终究是我，不管是现在死还是二十年后再死。每当推理到这里，最令我尴尬的就是想到还有二十年可活，我感觉我的心猛然一跳。不过，我只管扼杀掉这个念头便是,因为我想到了二十年后,当我发现死亡照旧来临时,可能会产生的诸种想法。既然要死了,怎么死、什么时候死显然就不重要了(但不沿着"所以呢"这种逻辑往下想真的很难),所以呢,我只能做好准备,接受我的上诉会被驳回的可能。

此刻,也仅仅就在此刻,我敢说自己有权允许自己去设想第二种可能性:我被特赦。恼人的是,我得克制血脉偾张的身体冲动,控制住因狂喜而昏花的双眼。我必须保持理智,遏住喊叫的欲望。我必须对此持一种顺其自然的态度,以便让自己更合情合理地信服前一种可能性。假如我真的做到了,就能获得一小时的平静。不管怎么说,这也不失为一项壮举吧。

就在这时,我再度拒绝了与神甫会面。我躺在床上,发现天空镀上了一层柔和的金色,这暗示着暮色将至。一瞬间,我就把上诉的想法抛之脑后,感到血的浪潮在我体内平静地流转。我没必要去见神甫。这么久以来,我第一次想到了玛丽。我很久没收到她的信了。她成了一个死刑犯的情人,我猜这件事足够让她厌烦了,这是我思考了一晚上的结果。我也设想过她病了,或死了,这都符合万事万物的规律。我们俩的肉体关系既然已完结,便再无他物能让我们彼此牵挂，我又如何能得知她的死活呢？而且，恰恰从这一刻起，我对玛丽的回忆开始淡漠了。她死了，她让我失去了兴趣。这很正常，就像我很清楚，我死后人们就会忘掉我。他们跟我之间不再有任何关联。甚至我都没有资格说，这种想法很难让人接受。

想到这儿，神甫恰好走了进来。他出现时，我不由地微微颤抖了一下。他显然注意到了这一点，他告诉我不要怕。我提醒他，他通常不在这个时间来。他回答说这只是一次友好的拜访，跟我的上诉毫无关系，他对此也一无所知。他坐在我床上，让我挨着他坐。我拒绝了。不过他看上去挺和蔼的。

他坐了一会儿，前臂搭在膝盖上，垂着头，观察自己的手。那是一双纤细而有力的手，让人联想到两只灵敏的小兽。然后他开始慢慢地摩挲它们。很长时间里，他都保持同一个坐姿，头依旧低垂，我竟一时忘了他的存在。

他突然抬起了头，直直地盯着我。"为什么，"他问道，"为什么拒绝我的探视？"我解释说我不信上帝。他问我是否对此确信无疑，我说这件事对我不构成困扰，这个问题在我看来也无足轻重。然后他朝后仰躺，身子靠在墙上，双手平放在大腿上。他似乎自顾自地说，人们通常以为自己对某件事确有把握的时候,事实却并非如此。我没应声。他又看着我问道:"您怎么看?"我说这的确有可能。不过,虽然我不确定我对什么感兴趣,但我深知自己对什么不感兴趣。比如,我对他的这些话就毫无兴趣。

他收回了目光,姿势却没改变,他问我这么说是不是出于极度的绝望。我解释说我并不绝望,只是害怕,这再自然不过了。"既然如此,上帝会帮助您,"他说道,"我所认识的每个处于您的处境的人,最后都会皈依上帝。"我承认这是他们的权利。这也说明他们尚有弥留的时日。但我不想得到帮助,也不打算把本来就珍贵的时间浪费在不感兴趣的事情上。

他的双手因失望而微微发抖,但他依然站起来整理着袍子上的褶皱。完成这些动作之后,他开始称我为"我的朋友"。他这么称呼不是因为我被判了死刑。在他看来,地球上所有人都被判了死刑。但我打断了他,说这不是同一回事,况且也丝毫起不到安慰的效果。他表示赞同:"没错。但您就算今日不死,也终有一死。到时候这个问题依旧摆在您面前。您会怎么面对这可怕的考验呢?"我回答说我会像此时此刻这般面对它。

听我说完后,他站了起来,直直地看着我。这是我很熟悉的伎俩。我经常对艾玛纽埃尔或瑟莱斯特使用这套把戏，他们十有八九会率先移开自己的目光。我很快就发现神甫是个老手，他的目光毫不躲闪，而且声音非常平稳："您真的没希冀过任何东西吗？您真的认为当您死了，您就死了，什么都不会留下？""是的。"我说。

他垂下头，又坐了下来。他真的为我感到遗憾，他说。他认为，这种信念是任何人都无法承受的。但我只是开始厌倦他了。我转过身，走向那扇天窗。我把肩膀靠在墙上。他的话让我走神，但我听见他又向我提问了。现在他的声音急躁而迫切。我意识到他是动了真感情的，便开始更认真地聆听。

他说他相信我会胜诉，但我身上背负着很重的罪，则必须要摆脱。在他看来，人的正义算不上什么，上帝的正义才是一切。我指出正是前一种正义给我定了罪。他回答道，但那并未洗清我的罪。我说我不明白他讲的罪是什么意思。我只知道我有罪。我有罪，我为它付出代价，没人可以从我身上企求更多的东西。此刻他站了起来，我想，他如果打算在这狭小的牢房里挪动的话，那几乎别无选择，要么坐着，要么就站着。

我正盯着地面看。他朝我走近了一步，然后停下，好像害怕靠得更近。然后他透过栅栏，望向天空。"您错了，我的孩子，"他说，"我们可以从您身上企求更多。比如，请求您完成这件事。""什么事？""请您看一看。""看什么？"

神甫缓缓环视着我的牢房，然后突然以一种倦乏的语气说："这些石头流出的是痛苦的汗，我很了解。每次看着它们我都苦恼不堪。但在内心深处，我知道哪怕最失望的人也能从黑暗中看见一张神圣的面孔，我请您看的就是这张脸。"

我有点被惹恼了。我说这几个月我一直在看这些墙。没有任何东西、任何人比我更了解它们。也许在很久以前，我曾经试图寻找一张脸。但那张脸闪耀着太阳的颜色和欲望之火——那是玛丽的脸。我失败了。然后我就放弃了。反正我从未在这些潮湿的墙上看到过什么。

神甫以某种悲伤的眼神看着我。我现在整个身体都靠在墙上，脸笼罩在日光之中。他说了几句我没听清的话，然后语速很快地问我，他能否拥抱我一下。"不能。"我答道。他转身走向墙壁，缓缓地抚摸着它："您对这个世界的爱就只有这么一丁点吗？"他喃喃自语道。我没有回答。

他背对我，久久伫立着。他的在场让人压抑和恼火。我想赶他走，留我一个人待着。突然他朝我转过身，激动地大喊:"不,我不相信您。我敢说您肯定想过另一种生活。"我回答说这是肯定的,但这跟我们梦想变得富有,或是指望游得更快,或是幻想长一张漂亮的嘴没什么根本上的区别。这些都是一回事。我打算继续说下去,但神甫插进了一个问题:我想象中的另一种生活究竟是什么样子。我冲他大叫起来:"就是能让我想起此刻生活的生活!"不带任何停顿地,我告诉他我已受够了他的陪伴。但他还想在上帝这个话题上继续发言。我走近他,用我最后一点耐心告诉他,我时间不多了,不打算把它浪费在上帝身上。然后他试图转移话题,问我为什么叫他"先生"而不是"父亲"。这个问题惹恼了我,我告诉他他不是我父亲,去当别人的父亲吧。

"不,我的孩子,"他把手搭在我的肩上说道,"我站在您这边。虽然您还没明白这点,因为您的心是茫然的。我来为您祈祷。"

然后,不知怎的,有些东西开始在我体内爆裂。我声嘶力竭地大叫,辱骂他,叫他不要给我祈祷。我揪住他法衣的领口。我在愤怒和快乐的混合驱动下,朝他倾泻我心底酝酿的一切。他看上去对自己有十足的把握,不是吗?可他的把握连女人的一根头发丝都不如。他甚至都不能确定自己是否还活着，因为他活得形同死人。我看上去可能一无所有，但跟他相比，我对自己非常确信，对一切非常确信，对自己的生命如此，对即将到来的死亡亦如此。没错，那是我仅有的东西。但至少我抓紧了这个真理，正如真理也抓紧了我。我曾经是正确的，我依旧是正确的，我永远是正确的。我以某种方式度过了人生，如果我喜欢的话，也可以用另一种方式生活。我做这件事，就不会做那件事。我做了这样的事情，就等于没做过那样的事情。那又如何？我好像等待这一刻等了很久，等待我的正确性得以声张的这个黎明。没什么是重要的，压根没有，我很清楚这是为什么。他也心知肚明。这些年，当我过着荒谬的生活，有一阵不明朗的微风从未来的深处吹来，它途经那些尚未来临的年月，一直吹拂到我脸上，一路上它剥去了在那些并不比我既有的经历更真实的未来时刻，别人向我提供的诸种可能性。别人的死、母亲的爱有什么要紧？既然一种既定的命运已选择了我，而千千万万的幸运儿都像他一样自称是我的兄弟，那么他信奉的上帝，我们选择的生活和命运，又有什么要紧？他不懂吗？真的不懂吗？每个活着的人都是幸运儿，只有幸运儿能存活于这个世界上。终有一天，其他人也要被判处死刑，他也不能幸免。假如他因为没在妈妈的葬礼上哭泣而被控以谋杀罪处决，那有什么要紧的？萨拉马诺的妻子和狗没什么区别。矮个头木偶女人就像马松的巴黎妻子一样有罪，抑或，想嫁给我的玛丽也同样地有罪。如果雷蒙是个像瑟莱斯特一样可信赖的朋友，那又有什么要紧的？如果此时此刻玛丽正和一个新的默尔索接吻，那有什么要紧的？被判死刑的神甫，他能够理解从我的未来涌出的这股微风吗？我上气不接下气地吼完了这段话。狱卒们冲了进来，试图把神甫从我手里解救出来。他们甚至威胁了我。但神甫让他们冷静下来，然后沉默地看了我一会儿。他眼里噙满了泪。他终于背过身去，离开了。

他一走，我又冷静了下来。但此刻的我已消耗殆尽，重重地往床铺上一倒。我觉得自己睡着了，因为醒来时，漫天星辉洒在我脸上。乡间细微的声响悄悄地潜了进来，夜晚的气味、泥土的气味和咸味的空气让我感到凉爽。这酣睡的夏夜里，美妙的平静像潮汐般朝我涌来。就在天刚破晓时，我听见汽笛的鸣响，它宣告着一场旅途，去往一个与我的此刻再无关联的世界。这么久以来，我第一次想到了妈妈。现在，我似乎能理解为什么她生命殆尽之时还找了一个"未婚夫"，为什么她要从头来过。那边也差不多，也是一样的，在生命渐凋的养老院周围，夜色就像一场忧郁的安息。死亡近在咫尺，妈妈一定感到了解脱，并且为重生做好了准备。无人——无人有权替她哀哭。我亦如此，我已准备重新再活一遍。仿佛那阵狂怒洗净了我的苦痛，也抽空了我的希望。凝视着遍布星光、充满象征意味的夜空，我前所未有地敞开了自己，将自己交付于宇宙那温柔的冷漠。我感觉它就如我一般，像是一位兄弟，让我感到过去是幸福的，现在也是幸福的。为了耗尽一切，为了减轻几分孤独，我所期待的唯有执行死刑的那天，蜂拥而至的人群对我致以憎恶的号叫。

附录

《局外人》美国版自序

多年前,我曾以一句话概括《局外人》的要旨:"在现行社会,倘若某人没在母亲葬礼上哭,便有被处死的风险。"我深知这话很矛盾。我无非想说,本书主人公被判罪,起因于他没参与那场游戏。故此,他对于他身处的社会是个局外人。他流浪于边缘,他在私己的、寥落的、肉欲的生活中也像在"郊区"游荡。无怪乎部分读者乐意视他为落魄之人。不过,假如试想,搞清楚默尔索究竟不愿参与哪一场游戏,我们便能更确切地理解这个人物,至少更靠近作者的意志。答案很简单,默尔索不愿撒谎。撒谎,不单单意味着说些不存在的事。撒谎,更是指,甚至尤其是指,说的事超过了真实存在,具体到人心层面,即是指所说的事超过了自己所感受到的。所有人每天都撒谎,唯愿生活变简单一些。但默尔索不愿简化生活,这恰恰与他显露人前的那一面相反。他有什么就说什么,他拒绝粉饰自我的感受,这样一来,整个社会就认为受了他的威胁。他们按着惯例，逼他悔罪。他却说，自己与其真心悔恨，到不如说仅仅觉得无聊。这二者间微妙的差异使他获刑。

在我看来，默尔索并非落魄之人，却是贫白、赤裸之人，是爱阳光、不留丝毫阴影之人。他的感受力绝没有被夺走，有种热切，因坚韧而深邃的热切，关于绝对性与真实的热切，一直激励他。没错，这种围绕着存在与感受的真实依旧是消极的，但倘若缺了它，人就无望将自我征服。

现在我们再读《局外人》就不会搞错了。故事里的男人接受死是为了真实，且无英雄之姿态。我此前还说过一句话，也挺矛盾：我有意把主人公塑造成唯一值得信奉的基督。然而，听完我方才的解说，你们断不会判定我渎神，我脑中无非有个略带讽刺的执念：但愿艺术家有权体验体验他亲手创造的人物。

1955 年 1 月 8 日

1957年诺贝尔文学奖颁奖致辞

从地缘意义上，法国文学早逾越了法兰西位于欧陆本土的疆界。它在诸方面皆使人联想到高贵且独一无二的园林植物：虽则深受传统与变异之交替影响，虽则培育在域外，它的独特性亦丝毫不减。今年诺贝尔文学奖的得主阿尔贝·加缪，可谓此类演变之一例。他出生于阿尔及利亚东部小镇，嗣后回归于北非环境，为的是寻找对他童年及青年时代造成一切决定性影响的源头。迄今，加缪仍深信此乃法兰西一块伟大的海外领土，而身为写作者的他，常有逸兴去回顾这一事实。

加缪出身准无产阶级，他认为独自闯荡很必要。学生时期，他一贫如洗，干过各类糊口的差事。此之谓艰苦求学，但这艰苦教他的东西甚多，对他日后成为现实主义者不无神益。负笈阿尔及尔大学数年间，他与一群知识分子交好，他们随后在北非抵抗运动中声名显赫。他最初的一些著述由阿尔及尔当地的出版社发行。及至

©The Nobel Foundation

二十五岁,又以记者身份赴法国,迅速在一线大都市作为一流作家赢得声誉,可惜,大好前途却在战争之酷烈环境下早早遇挫。

即便在其初期著作中,加缪已流露一种精神意志。究其来源,他一面看清了世俗生活,另一面又紧迫意识到死亡之现实,此二者间已有尖锐的矛盾。这比所谓的地中海宿命论更紧要。地中海宿命论可追溯至此种观念:世界之璀璨阳光转瞬即逝,终将被阴影驱散。加缪亦是名为"存在主义"的哲学运动的代表,该运动刻画人类在宇宙之处境,即,一切个体之意义荡然无存,其中仅剩荒谬性罢了。"荒谬"一词常萦绕于加缪著作中,人们大可以称其为主导性母题;这母题进而在自由、责任及由它派生的痛苦所导致的道德后果中得以充实。希腊神话的西西弗无止境地推岩石至山顶,又无止境地任它滚落,他在加缪笔下成了人类生活的一种简明象征。但诚如作者自述,西西弗在灵魂深处自以为幸福,单凭这番努力,他就觉得满足。加缪以为,最重要的并非知道生活是否值得一过,而是必须去生活,并承担随之而至的苦难。

我的发言太短,自然不足以阐释加缪之智性到了何等惊人的深度。值得一提的是,他作品流露出极雅正的风格且高度凝练，往往将上述问题嵌入此种表述方式中：恰是人物和动作使其思想浮出水面，而作者并不置喙。这也是1942年《局外人》一举轰动的原因。主人公为政府部门之雇员，历经一系列荒唐事件后，杀害一个阿拉伯人。他对自身之命运亦无动于衷，听候死刑的到来。然而在最后一刻，他竟摆脱近乎麻木的消极性，倏忽振作起来。1947年的《鼠疫》则是体量更大的象征小说，其主要人物里厄医生及其助手，英勇地与降临于北非小镇的鼠疫相抗。此种现实主义叙事令人信服，它以冷静精确的客观性反映了抵抗运动时期的生活经验。加缪赞扬了极沮丧、极幻灭的人身上被四处横行的邪恶所激起的反抗。

近年，加缪也写了极出色的独白故事。《堕落》(1956年)讲故事的技艺同等精湛。一位法国律师在阿姆斯特丹水手酒吧检查自己的良心，他描绘的是自画像不假，亦是一面其同代人可借此自辨的宝镜。你能看到伪君子和恨世者以"人类心灵科学"的名义握手言欢，此乃法国古典文学的专擅领域。一位执着于真理的激进的作者,将尖锐讽刺变成了对抗普遍虚伪的武器。当然，或许有人怀疑，加缪因循克尔凯郭尔式的、如深渊般不见底的罪恶感，到底能走多远，因为人们总觉得作者已遭遇某个拐点。

加缪自身远超了虚无主义。其关于责任的沉思严肃而高峭，那责任便是不间断地恢复被践踏的东西，在不公正的世界中使正义成为可能。他是一个人道主义者。他从未忘记对希腊式比例与美的崇拜，它们曾示现于地中海沿岸蒂帕萨的夏日骄阳。

凭着活跃度和极盛之创造力，加缪在法国境外也是文学界的焦点。他被真切的道德契约所激励，全身心投入生命中严峻的基本问题，无疑，此一愿望也吻合诺贝尔奖赖以持守的理想主义目标。他不断肯定人类境况荒谬性的背后，绝不存在死气沉沉的消极主义。这观物的视角，配合着强硬之执行力、"尽管如此"之精神、反抗荒谬之呼吁，凡此种种齐聚于他一身，并因此创造了价值。

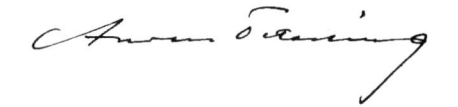

安德斯·奥斯特林
瑞典皇家学院常任秘书长

诺贝尔文学奖加缪获奖演说

尊敬的国王陛下和王后，诸亲王殿下，女士们，先生们：

对自由之皇家学院授予的这份殊荣，我深表谢忱，尤其是这馈赠的分量早就超过了我的个人成绩。每个人都渴望被承认，艺术家尤甚。我亦不例外。然而，有必要就它的影响力和我的实际所为做一番比较，否则就连我自己也很难理解此决定。一个还算年轻之人，除了满腹心事便一无所有，其作品还有待完成，他也早早习惯于离群而独身工作。不想，一声令下，他骤然孤零零地袒露于一片耀眼的聚光中，难道不该感到惶恐吗？正当其他欧洲作家——其中不乏极伟大的作者——被勒令噤声，甚至，正当他的出生地蒙受无止境的灾难时，他又该凭何种心情领受这荣誉？

我内心受了冲撞，混乱不堪。为恢复昔日宁静，我

©The Nobel Foundation

不得不和过于慷慨的运气达成协议。光靠我取得的成就，原本不能够配得上它。能助我配上它的，唯我终生赖以维系的东西（即便在最相反的情形下也如此），亦即，我对艺术和写作者角色所抱的信念。请容我以感激和友爱之情绪，简要禀明这信念究竟是什么。

就自身而言，我无法脱离艺术而活，但我从未将它置于万物之上。相反，我需要它，乃因它不与任何人隔离，它让我如我所是地与众人生活在一处。艺术绝非独享之乐。它能用表现寻常喜悦与痛苦的图像来刺激最多数之人。它要求艺术家不置身事外，要求他服从谦卑且普遍的真理。一个人选择成为艺术家的命运，通常起因于他自觉与众不同，尔后他就必须承认自己与他人的相似，否则其艺术、其独特性都不可能成立。将自我朝向他者，反过来亦将他者趋向自身，艺术家便诞生于这不息的往复运动。他一头联系着他赖以生存的美，另一头关联起他无法脱离的共同体，此二者间的中点便是他位置所在了。真正的艺术家不轻视任何事物，因其责任在于理解而不是评判。他们如需在这世界上站队，便必然站在"社会"这一边。恰如尼采所揭橥的，统治社会的是创造者而非审判者，无论他以劳动者抑或知识分子的身份示人。

同样，写作者的角色也离不开他要承受的艰难责任。就定义而言，写作者不应服务于制造历史的人，而应服务于承受历史的人。否则他将形单影只，失掉做艺术的资格。任何暴君的军队和百万人马都无法将写作者从孤独中解救，尤其当他与他们亦步亦趋之时。但一名被弃于世界另一端、受尽侮辱的无名囚犯，其沉默足以将流亡中的写作者拯救出来——前提是，这作家纵使享有了自由，也要设法不将那沉默遗忘，并让沉默在艺术中得以回响。

几乎无人能胜任这项天命。可是，一个作家，就其生活的种种际遇而言，无论默默无闻还是声煊一时，无论深受暴政之禁锢抑或恣意表达自我，只要他接受了这两项职责——尽力为真理和自由服务，他就能感觉到重获活生生的共同体的信任，这共同体也将使他称义。其使命是团结尽可能多的人民，且不能容忍谎言或奴役，因为此二者统治的疆土仅能滋生孤独。不管其人究竟有怎样的弱点，作家职业之高贵仍归功于这两项难以长相守的诺言：拒绝在知悉的事物上撒谎，并反对压迫。

这岂止二十年的荒唐历史中，我和同代人一样无助彷徨，迷失于时代的动荡。但有一件事撑起了我的生活。

我隐约感到写作是一种荣耀，因为写作就等于承担，然则，要承担的又不仅仅是写作。尤其是，它迫使我凭自己的力量，以自己的存在方式，与所有遭遇相同历史的人一道承担不幸和希望。这代人生于一战初期，二十岁便目睹一些革新性的实验，又碰上希特勒当权。然后，他们又全过程见识了西班牙内战、第二次世界大战、纳粹集中营，看到了深陷于牢狱和折磨中的欧洲。如今他们还要在核毁灭的风险之下抚育后代、安身立命。没人有资格要求他们乐观。我甚至觉得在不懈斗争之余，应理解他们的错误：他们因过度绝望才导致了不体面之举，以致一头扎进时代的虚无主义。但事实是，无论在我的祖国还是整个欧洲，我们中绝大多数都拒绝了这种虚无主义，并致力于寻求合理性。为着新生，为着坦然对抗历史中凶悍的死亡本能，他们需锻造一种灾难时代的生存术。

不消说，每代人都确信自己能重构世界，而我所属的这代人却深知此事无望。然则使命或许更大——他们要防止这世界解体崩塌。他们承继了腐朽之历史，其中混杂着失败之革命、疯狂之技术、殒亡之神祇、疲软之意识形态。在如此这般的历史中，无能政权固然能摧毁一切，却不能使人信服；而智识却自贬为仇恨与压迫的奴仆。这代人必须里里外外地一点点修补那关乎生死尊严的事物，着手之处便是这乱世仅剩的否定性的遗产。在这摇摇欲坠的世界面前，我们的宗教大法官面临着建立永恒的死之国的危险。这代人深信，除了跟时间疯狂赛跑，还要在各民族间恢复不屈于奴役的和平，调解劳动与文化之关系，让举世皆参与藏经柜的重修。至于这代人能否完成此一艰巨使命，尚未可知；但在世界各地，他们已押下真理与自由的双重赌注，必要时还将甘愿为此牺牲。不管身在何地，这代人都值得尊敬、值得予以鼓舞，尤其在他们献身之处。总之，你们方才授予我的荣誉，我应转赠给这代人。想必诸位亦深以为然。

我既已阐述了写作者职业的高尚性，便也顺道论及了写作者本职之所在。除了战斗者，他并无其余头衔：他脆弱又顽强，命运对他不公，他却向往正义，在众人注目之下不卑不亢地巧思，在痛苦和美丽之间往返游荡，最终注定在历史的毁灭运动中，他将自身的双重存在萃取为他的创造物。除此，谁能期望写作者提供完善的方案和至高的信念呢？真理是神秘的、难以捉摸的，总是有待被征服；自由是危险的，道阻且长，却令人振奋。我们必痛苦而坚定地朝这两个目标迈进，就算虚弱也绝不能停在漫漫长路的半途。因此，哪位有自知之明的写作者敢自称美德的传道人？至于我，我得重申我不是这类人。在成长过程中，我追求光明、幸福及自由，未敢有一日之懈怠。尽管这眷恋曾让我犯下不少错误，但无疑能助我更好地理解自己的工作，且毫无疑虑地团结、支持那些沉默者——他们只能借回忆或暂享自由之幸福而勉力生存于世上。

最后回到"我的实际所为"的问题上来，回到我的局限、债务和艰难之信念上来吧。值此，我感到自己愈加坦诚无碍，我要直言相告：你们方才授予我的殊荣何其慷慨，其流播又何其深远；我愿领受它，将之分享给所有处于同样逆境的斗士，他们未取得丝毫奖赏，仅遭受了不幸与迫害。请接受我油然心生的感谢，接受这感谢和我的公开承诺——这古老的关乎忠诚之承诺，是每个真正的艺术家默念于心头的日课经。

1957 年 12 月 10 日，瑞典斯德哥尔摩

译后记：
一个名字与无数个替身

加缪曾刺痛过他的故土阿尔及利亚。至少在一些人眼中是这样。1957年12月，趁他在斯德哥尔摩领取诺贝尔文学奖的间隙，一位阿裔学生询问他对"民族解放阵线"领导的阿尔及利亚独立运动的评价，他当即斥之为盲目的恐怖行为。他的理由是："某一天，我的母亲和家人也可能遭遇袭击。我相信正义，但在正义之前我必须先保护好母亲。"这段回答还有另一个措辞略显不同的版本："他们（指反抗者）正向阿尔及尔的电车发射炮弹，而此刻，我母亲可能恰好坐在电车里。如果那就是所谓正义，我会偏向我的母亲。"

一句流传甚广的伪格言由此诞生了："在正义和母亲之间，我选择母亲。"它像一只标签死死贴在加缪身上，但问题在于，他压根没说过那句被重新编排过的话。我们难以揣度在阿尔及利亚度过人生前半程，直到二战时才融入巴黎文化圈的加缪,究竟如何看待他的故土走向独立并将被重新定义为"故国"这一事件,以及随之发生的一切必要或非必要的暴力。可以想见,这些在今天看来仍不合时宜的言论,在当年遭到了巴黎进步者们怎样的异议。公开反驳此类言论的就有他的旧友萨特与波伏娃。他似乎也经历过默尔索在《局外人》里遭受的"灵魂审判"。分隔他与朋友们的或许不是他们政治光谱的差异,而是他在阿尔及利亚这片土地上具体的坚持与反抗。

1930年代末期,尚在阿尔及尔担任记者的加缪(其本职是文学纪事作者)曾撰写一系列文章,痛陈阿拉伯人民在法国殖民统治下的悲剧。他吹响的号角掀动了当地政治抵抗的旋风。事实上,此种介入性也一直萦绕在他后续的文学生涯。这位老革命分子持续的疾呼不可谓不发自肺腑,只是在当时,他的论调显得太独特以至于刺耳罢了。

必须承认,加缪没有料到仅在他去世两年后,阿尔及利亚就赢得了民族解放斗争的胜利,在世界地图上拥有了一块独立的面积。作为出生于法属殖民地阿尔及利亚,兼具法国与西班牙血统但挣扎在贫穷中的白人,作为阿尔及利亚人眼中的法国人、法国人眼中的阿尔及利亚人，加缪是否将命运的赠予转而倾注于默尔索的生命？第二次世界大战爆发时，他希望像他那位为法国捐躯的父亲一样，加入法属阿尔及利亚兵团，但肺结核病史将他挡在军队的围墙外。没过多久，阿尔及利亚当局又禁掉了加缪为之呕心的《共和晚报》。1940年春天，身心俱疲的他只得离开母亲，前往当时的世界文学中心——巴黎。

同年五月，加缪在蒙马特的旅馆里写完了《局外人》。两年后的夏天，经多位大佬推荐，它终于在加斯东·伽利马执掌的那家著名出版社面世了。小说的情节足以用两场死亡来概括，它们分别揭开了上下两部的序幕。小说开头，主人公默尔索的母亲在养老院去世，他前往马朗戈，转下午两点钟的公交车去为妈妈料理后事。随后，他回到自己家，去海滨浴场游泳，倚在阳台上发呆，发展和玛丽的恋情，遭遇萨拉马诺和它的狗，误打误撞卷入邻居雷蒙·桑特斯及其情人之间的纠纷，与友人结伴去马松的海滨木屋。第二场死亡则涉及谋杀：我们的叙事者默尔索在被阳光烤红的沙滩上连开五枪，杀掉一位不知姓名的阿拉伯人。起因是阿拉伯人的妹妹和那位雷蒙·桑特斯之间产生了情感纠葛。

这场情杀（我更愿意称之为"代理情杀"）极其简单也极其复杂：当你听到默尔索在法庭上澄清自己并无杀人的意图，一切都是阳光在充当"凶手"时，可能会产生很大的困惑。不过，你至少不会因此将《局外人》当成侦探小说，它甚至比你想象得更古典一点——恰如萨特所说，这是一篇短小的"道德小说"，罗兰·巴特更将其评价为"战后第一部古典小说"。小说的第二部分围绕因枪杀案而被捕的默尔索在监狱、法庭的经历和心理体验而展开。和第一部冷静的、保持距离感的风格相比，第二部的戏剧性更强，因为我们面对的主人公不再是那个无所事事者，而是受精确的法律制度检视的嫌疑犯。"嫌疑"，默尔索已觉察到这种错位与荒谬，他对此的反应是：一改之前沉默寡言的形象，在狱中进行一番慷慨陈词，然后平静地等待死刑的执行。

我们不需要在"局外人"这个译名上附加过多的文学想象。法语里的"l'étranger"是很普通的词，意为"陌生人"或"外国人"。（看看加缪的一生吧，谁是外国人，谁又是法国人？）1940年代初，在法国的巴黎和阿尔及利亚的奥兰暂居的那段日子里，加缪时常在笔记本里写下"l'étranger"这个词:"一切都让我觉得陌生……我不属于这里——也不属于别处。世界是一幅我不认识的风景,我的心在其中找不到依靠。陌生,谁能知晓这个词究竟意味着什么。"《局外人》的主人公默尔索是一位我们都熟悉的陌生人。即便熟稔了他的全部故事,也未必能明确地知道:他是谁。我们仅仅了解到他的姓氏是默尔索,这还是从那位略显严厉的养老院院长口中听来的:"默尔索夫人是三年前送到这儿来的。您曾经是她唯一的经济来源。"在小说第二部中,预审法官讯问默尔索的"住址、职业、出生日期以及出生地",再细心的读者也回答不出这些问题,因为默尔索依旧是个陌生人。而这一再重复的"身份调查"环节同样困扰着默尔索。也许,他只是自以为知道自己是谁。

  一些读者因他冷漠而感到陌生,另一些则出于同样的缘由觉得他无比亲切。他对母亲的死无动于衷,像是例行公事。他看似爱着玛丽,但亲密关系仅限于肉身的愉悦,一旦超出肉身感知的范围,这种兴趣的浓度会急剧降低直至消散。一个例证便是,在监狱里不得不与玛丽遥遥相隔时,默尔索幻想的对象便从一个女人扩充为一群女人。或者,每当玛丽提出结婚或以调皮的口吻问他爱不爱她，他总是闪避问题，说"那话什么都说明不了"。这是他的口头禅。初次面见辩护律师时，律师问到他和母亲的关系究竟如何，他回答："我无疑深爱着妈妈，但那并不能说明什么。"想想作者加缪和阿尔及利亚之间复杂的关系吧："如果那就是所谓正义，我会偏向我的母亲。"默尔索一度和雷蒙成了患难之交，我们也有理由相信，前者从后者的热情中收获了一半惊讶和一半愉悦。但这份友谊全程由雷蒙主导，默尔索只负责针对他的提议回答"是"或"否"。我们也许惊讶于默尔索竟如此"仗义"，果真替雷蒙写了那封寄给阿拉伯情人的挑衅的信，但此事的推动力也几乎全然来源于雷蒙本人。写或不写，对默尔索来说根本没什么差别。

不过，必须澄清的是，默尔索绝非一个对事事都无感的男人。情欲对他的扰动自不待言。小说临近结尾时，被默尔索拒绝数次的神甫坚持亲临牢室对他进行宗教疏导，忍耐已久的默尔索终于炸裂了，他怒不可遏地斥责神甫的"把握连女人的一根头发丝都不如"。要知道，那几乎是他唯一一次无法自持的情绪危机。而女人的头发恰恰是默尔索借以唤回身体感受力与想象力的最重要的媒介之一，只消回想一下他跟玛丽燃起情欲后的那个星期天,"我在床上翻了个身,想闻闻长条枕上是否残存着玛丽发丝间的盐味"。我们也不得不承认,默尔索很擅长感知和勾勒自然之物的肌理,无论是作为考验物的阳光抑或作为抚慰剂的海水,在他的转述中都饱满如阿尔及利亚的夏天。没错,就这一点来说,他身兼诗人、风景画家、肖像雕刻师数重身份而不知疲倦。

默尔索是一个将感官通道全然敞开给爱欲与自然的感受者,但他很难称得上是积极的思考者,尤其在人事和社会性的领域。他自己也承认:"我压根不懂得最基础的情感反应。"这也是为何他始终被视作局外人。他更愿意把自己锁定在一些相对封闭和逼仄的空间里,无论是他自由时期的公寓和办公室,还是案发后的牢室、预审室和法庭。他很快就适应了监狱的生活,这丝毫不令人意外,因为早先他母亲刚去世时,他就把自己的公寓布置成了监狱:"现在这房子对我来说太大了,我该把餐桌搬到自己卧室里。现在我只住这间房,房间里摆着几把轻微凹陷的柳条椅,壁橱的镜子已经发黄,此外还有一个梳妆台、一张铜床。其他东西就随意扔在那儿。"他将活动空间不断缩减到卧室的范围。此外他只需要一个窗户,它的作用和意义在于:他既可以做一个闲适的面朝外部的观看者，又免于直接与外界沟通，并将外界事物选择性地引入熟悉的空间。默尔索始终将沟通着内与外的阀门掌握在自己手中。这种封闭了大部分的风景、只局部显露"市郊的主干道"的空间结构，与他的牢房很类似："监狱俯瞰着整座城市，透过小窗我能看见大海。"

然而，一旦被抛出这个安全区域，进入危险的外部，默尔索的紧张情绪和潜意识里的"罪感"就会被激发出来。当默尔索与他母亲年迈的朋友一同守灵，他从观看者变为被观看者时，便萌生了这样一种在他看来很荒谬但事后发现一点都不可笑的想法："他们在审判我。"不过，这只是牢狱生涯的表面，或者，仅仅是为海滩上发生的那场更严峻的危机做一次预演。

默尔索对阿拉伯人接连开枪四次之后，自谓"就好像我在厄运之门上快速地连敲四下"，然而，从外部敲门正意味着请求进入内部，谋杀行为帮他实现了从开放空间返回到他熟悉的密闭空间的可能——从海滩到办公室，从艳阳天到牢房，默尔索获得了似曾相识的安逸，但同时，外界施加给他的罪感化为羁押的现状。他因无名阿拉伯人被杀案而被捕，但法庭的几轮推测却一再聚焦于他母亲的死亡。检察官认定,恰恰是默尔索杀了自己的母亲,他"从道德上"杀了她:因为早在埋葬她的时候,他就怀了一颗"罪犯的心"。他们坚持认为:第一桩罪行是第二桩罪行的预备与铁证。就像加缪在1955年的自序中所总结的:"在现行社会,倘若某人没在母亲葬礼上哭,便有被处死的风险。"我们可以把整本书的情节简化成一句话:默尔索因"陌生"而获罪。局外人有罪。罪名即是"与人类社会格格不入"。

然而,回到枪杀案本身,我们就会察觉到一种怪诞与错乱。默尔索被判死刑,不是因为杀了阿拉伯人,而是因为看门人询问他:"您不想看看(您母亲的遗体)吗?"他回答说不想。也因为他没有略微在母亲墓前停留片刻。"道德的人"对人的审判,是对人的"灵魂"的教会式审判而非对行动的审判。默尔索获罪,竟然不是因为他做了什么(开枪杀害阿拉伯人),而是因为他没有做什么(没在母亲葬礼上流泪)。

我们不会忘记预审法官在阴暗的提审室里那句阴森森的发言:"我真正感兴趣的,是您。""罪恶灵魂"的前提一旦被给定,法律的任务便成了杜撰谋杀者的故事线。在法庭上,法官、检察官和律师忽然变身为小说家,以各自的想象补充默尔索在罪行之外的"罪行",从而使他的"罪"符合逻辑:"各位陪审团成员,请你们注意,这个男人在母亲葬礼后的第二天就去游泳,跟一个女孩发生了关系,还看着喜剧片哈哈大笑。"再晚一些,检察官更言之凿凿:"就是这个人,在他母亲入葬的第二天,就进行了最无耻的淫乱活动,而且仅仅为了一些微不足道的琐事,为了清算一桩伤风败俗的情事,就动手杀人。"然而,我们从小说第一部的叙述中很容易发现,在默尔索的视线里,很多事件原本就是彼此分离、并无逻辑关联的。坐在被告席上的默尔索只能以他沉默寡言的风格为自己辩白,配合着检察官的表演而变成这部法庭小说的"读者"。他说,律师的"口才远不如那位检察官","他根本没提葬礼的事,这可以说是严重的漏洞"。

不过,律师的辩护策略正是从嫌疑人面临的根本困境出发的:正义的审判既已开庭,嫌犯却尚未真正获得受审的资格。每当得到珍贵的发言机会,他总是口齿不清、语无伦次。他的话语里遍布着偶然性,而逻辑的必然性却时时缺席。检察官对此的评价是:"'偶然'在整个故事里真是做尽了坏事,把良心都败坏了。"

我们要如何在听众面前为这样一个荒谬的人辩护？检察官与律师看似对峙，双方却保持着内在的一致性：他们都默认法律所保护的正义首先是"正常人"的正义。于是，争议的焦点始终在于，默尔索是不是这一框架下的正常人。"是我杀的人。"律师代默尔索进行的陈述令当事人惊愕万分。然而，这一叙事策略确实为嫌疑人补充了他在发言中缺少的确定性。律师试图以他的笔法与口才将默尔索重塑为一个安全的、遵循社会规范（例如，他本应高声为自我辩白）的人，然而，默尔索本人的在场破坏了这一"人设"。当听众将哄笑送给他为杀人做出的无力辩解——他说杀害阿拉伯人"是由于太阳的缘故"——荒诞性的另一面稍稍被揭开：嫌疑犯恰恰因到场而被排除在审判之外。

对默尔索的死刑判决或许是均质世界中每一个赤裸的"闯入者"的必然命运。《局外人》描写的是人在荒诞面前的那种赤裸。"加缪在笔记本里如是承认。事实上，审判早已在庭审日之前展开。固化的情感与道德模式可以在任何时间地点现身，对闯入者来一次漫不经心的拷问。守灵夜是庭审的一次预演，而陪审团令默尔索联想到电车座位上的乘客："他们打量着刚上车的你，指望在你身上发现可供取乐的东西。"我们发现,默尔索在任何时空的遭遇几乎都激发着他的"罪感",而这罪感并不来自他对社会法则的违背,而仅仅来自周围"乘客"对他的审视。由此,他在狱中设想着他被执行死刑的场景:"蜂拥而至的人群对我致以憎恶的号叫。"这意味着某种和解、服从,抑或是在发起一轮充满至高敌意的挑衅?但最终,他此前想象中的死亡的仪式感被彻底打消,他突然发现一个惊人的事实:"实际上,断头台就简简单单摆在地上,没什么比这更简陋的了",而且"断头台的高度跟走向它的那个人的身高等同,人靠近它,就像跟另一个人相遇"——这让他觉得有些"丢人"。或许,正如他在监狱里反复阅读的那则荒诞的当代悲剧,在特定空间中的一死,能够成为人在时间中被辨认的凭据:

> 我在草席和床板之间发现一张报纸残片,几乎粘在褥布上,发黄,透明。它讲的是一则社会新闻,开头已经遗失,但猜得出发生在捷克斯洛伐克境内。一个男人离开他的捷克人的村庄去谋生。二十五年后,他发了财,终于携同妻儿衣锦还乡。他母亲和姐姐那时在村里经营一家旅馆。他决定给她们一个

惊喜，便将妻子和孩子安置在另一家旅馆，自己径直去了母亲那儿，母亲却没认出他。为了逗逗她们，他起意就地订一间房，还炫耀了自己身上的钱财。入夜，她们用锤子谋杀了他，劫走钱，又将尸体抛进了河里。翌日早晨，他妻子来寻他，不明就里地报出了客人的真实身份。他母亲因此上吊，姐姐则投了井。

"以法兰西人民之名义"做出的死刑判决使《局外人》的主人公免于那位捷克青年的厄运——还好，判决是基于默尔索的真实姓名做出的。于是，我们不妨将视线转向《局外人》中真正的无名者，那位被默尔索连开五枪致死的阿拉伯人。这一情节的设置后来被提升为一桩文学事件，在加缪生前与死后反复被人提及。1941年，最早读到《局外人》手稿的那批作家里，安德烈·马尔罗和帕斯卡尔·皮亚都曾担心杀害阿拉伯人的那段情节"不够有说服力"，但他们提供的修改建议仅限于增补一段文字以加强阳光与阿拉伯人的匕首之间的关联。而加缪坚持认为其中毫无缺陷。他们或许无暇注意到"无名者"的问题；但加缪在作品里剥除阿拉伯人"被命名权"的做法，在阿尔及利亚同胞眼中却是暗含现实影射性的道义上的瑕疵，它进而演变成一桩作者自己都始料未及的丑闻。事实上，无名受害者的妹妹，情感纠纷的当事人之一，也在加缪笔下遭受了同等的待遇。默尔索通过她的名字辨认出她是个摩尔人（即北非阿拉伯人的统称），但他自始至终都没有说出那个名字。

这恰恰构成了七十年后卡迈勒·达乌德写作小说《重审默尔索》的起点。同样出身阿尔及利亚、用法语写作的达乌德，在这本 2013 年出版的小说中让那位被杀死在沙滩上的阿拉伯人有了名字——"穆萨"，它在阿拉伯语里正是"摩西"的对应词，就像是为他的文学前辈加缪弥补了一点缺憾。

2020 年 2 月 8 日于挪威卑尔根

加缪年表
1913—1960

童年的加缪（左）

1913年 诞生

11月7日，阿尔贝·加缪出生于法属阿尔及利亚的蒙多维。父亲吕西安·加缪是酒窖工人，系法国占领阿尔及利亚后的移民后代。母亲卡特琳·桑特斯则是不会读写的家庭主妇，其家族源于西班牙。加缪是他们的第二个儿子。

1914年 1岁

父亲应征入伍，10月，在第一次世界大战的马恩河战役中负伤牺牲。此时母亲已带着两个孩子寄宿在位于阿尔及尔贫民区贝尔库的外祖母家。一家人生活窘困，母亲需要外出工作，加缪主要由蛮横、冷漠的外祖母抚养。

十九世纪阿尔及利亚首都阿尔及尔港口景色

1918年 5岁

进入贝尔库市立小学。

1924年 11岁

通过考试成功申请到奖学金，进入比若中学。在这里开始练习足球，进入了当地享有盛名的"拉辛青年"足球队，担任守门员。

加缪恩师让·格勒尼耶

1930年 17岁

进入阿尔及尔高中哲学班学习。在这里，遇到刚从巴黎来此执教的让·格勒尼耶，两人逐步建立起深厚的友谊。不幸感染了肺结核，从身体上体验到孤独与死亡的临近。不得不离开家人去医院接受治疗，后寄居在姨夫居斯塔夫·阿科家里。也因此告别了刚起步的足球生涯。

1932年 19岁

在当地一家不太出名的杂志《南方》上发表了四篇文章。

10月，写了一组题为《直觉》的散文诗，这可以视作加缪的第一部纯文学作品。

1933年 20岁

开始在阿尔及尔大学哲学系学习，成绩突出。但经济状况一直不稳定，四处搬家。

加缪妻子西蒙娜·伊埃

20世纪的阿尔及尔大学明信片

1934年 21岁

6月，和西蒙娜·伊埃成婚，不得不打零工维持生计。

10月，因健康问题而免于服兵役。

1935年 22岁

9月，加入共产党，并在党内活动积极，直至1937年离开。

11月，和朋友在阿尔及尔组织成立了"劳动剧团"，他们希望这家剧团能兼有大众性和革命性。加缪在其中担任演员、剧团团长、导演以及编剧。

1936年 23岁

4月，与"劳动剧团"的同人们集体创作了剧本《阿斯图里亚斯起义》，却被当局禁止上演。

5月，获得哲学硕士学位，论文题目是《论基督教形而上学与新柏拉图主义：以普罗提诺和圣奥古斯丁为例》。同月，在笔记中第一次提到，"荒诞"将成为自己哲学著作的主题。

8月，与西蒙娜·伊埃前往中欧旅行，二人在途中分手。于1940年正式离婚。

9月，返回阿尔及尔，倡议在当地建立"文化之家"，不久后担任该机构的总干事。

剧本《阿斯图里亚斯起义》

《快乐的死》1971年第一版封面

1937年 24岁

因健康问题，无法参加哲学教师资格考试，当老师的计划搁浅。构想了一部题为《快乐的死》的小说，后来却放弃这个计划，开始《局外人》的写作。而《快乐的死》直到加缪逝世后才得以出版。同时，和朋友们继续进行剧场活动。

5月，埃德蒙·夏洛特出版社出版了加缪自1935年起一直在撰写的文集《反与正》，这是加缪出版的第一本著作，记叙了他的童年生活。

1938年 25岁

几乎同时进行着小说《局外人》、戏剧《卡利古拉》和随笔《西西弗神话》的写作。创办地中海文化杂志《海岸》，仅在1938年底和1939年初发行了两期，此后停办。

10月，成为《阿尔及尔共和报》的编辑。在这份报纸上刊登了一篇对让-保罗·萨特的《恶心》的评论，还发表了一系列反映卡比利亚地区在法国殖民下遭受苦难的文章。

法国作家让-保罗·萨特

1939 年 26 岁

5 月，出版随笔集《婚礼集》。

9 月，报名参军，却因健康状况被拒。同月，任职于《共和晚报》。

1940 年 27 岁

1 月，《共和晚报》被当局禁止发行。

3 月 16 日，到达巴黎。

4 月，在《巴黎晚报》——那是 1923 至 1944 年全法国发行量极大的报纸——找到工作，成为编辑部秘书。

5 月，在巴黎蒙马特的一家旅馆里完成了《局外人》的写作。

12 月 3 日，在法国里昂与数学家兼巴赫演奏家弗朗辛·富尔完婚。她的父亲和加缪父亲同样在马恩河战役中牺牲，但她家经济状况比加缪家稍好一些。二人是在阿尔及利亚相识的。

12 月底，被《巴黎晚报》辞退。

《巴黎晚报》版面

加缪第二任妻子弗朗辛·富尔

1941年 28岁

回到阿尔及利亚，住在妻子弗朗辛位于奥兰的家，在那里找到了一份教职。

2月21日，完成了《西西弗神话》。由《卡利古拉》《局外人》和《西西弗神话》组成的"荒诞三部曲"全部完稿。

1942年 29岁

6月15日，在伽利马出版社出版《局外人》。

8月，长期受结核病困扰的加缪离开阿尔及利亚，前往法国东南部维瓦赖的帕纳利耶休养，在这里开始《鼠疫》的写作。

10月16日，在伽利马出版社出版《西西弗神话》。

1943年 30岁

1月10日，再次前往巴黎，仅停留了大约一星期。拜访伽利马出版社，并结识了在四十年代红极一时的西班牙裔女

《局外人》1942年第一版封面

玛丽亚·卡萨雷斯

让-保罗·萨特剧本《苍蝇》封面

演员玛丽亚·卡萨雷斯,由此,二人开始了长达十余年的恋情。返程途中,又遇到了法国诗人弗朗西斯·蓬热。

6月2日,观看让-保罗·萨特的戏剧《苍蝇》,二人互打照面,由此相识。

11月,在伽利马出版社担任审稿人和丛书主编,此后一直担任该职位,直至去世。

1944年 31岁

3月19日,在法国作家米歇尔·莱里斯的寓所,和萨特、莱里斯一起朗读了西班牙艺术家毕加索在德占期间写下的剧本《被抓住尾巴的欲望》。匈牙利裔摄影师布拉塞应毕加索之邀,于同年6月为这些亲密友人拍摄了合影。毕加索站在中心位置,画面中还有法国作家西蒙娜·德·波伏娃、法国诗人皮埃尔·勒韦尔迪和当时尚未声名大噪的法国心理学家雅克·拉康。

法国作家西蒙娜·德·波伏娃

5月,戏剧《卡利古拉》与戏剧《误会》同时出版。

6月,《误会》在巴黎马蒂兰剧院上演,女主角由玛丽亚·卡萨雷斯担任。

8月,担任《战斗报》主编,这是一份抗击德国占领的地下报纸。1947年6月离开这个职位之前,在《战斗报》上发表了约一百三十篇文章。

1945年 32岁

9月5日,妻子弗朗辛生下了一对双胞胎:女儿卡特琳·加缪和儿子让·加缪。同月,《卡利古拉》在巴黎埃贝尔托剧场上演。

11月15日,接受《文学动态》的采访时表示:"我不是存在主义者。"

年底,伽利马出版社结集出版了加缪的四篇《致一位德国朋友的信》,四封信写于1943年7月至1944年7月间,以法国的反侵略斗争为主题。

加缪与儿子让·加缪、女儿卡特琳·加缪合照

1946年 33岁

在美国进行了一个多月的旅行,受到极大礼遇。完成小说《鼠疫》。结识法国诗人勒内·夏尔。

法国诗人勒内·夏尔

1947年 34岁

6月10日,《鼠疫》出版,迅速获得空前的反响。

《鼠疫》1947年第一版封面

1949年 36岁

因身体状况恶化,不得不暂停工作。同年夏天,前往南美洲旅行。

12月15日,创作的剧作《正义者》在巴黎埃贝尔托剧场上演,女主角仍然是玛丽亚·卡萨雷斯。

1951年 38岁

10月,出版引起极大争议的散文随笔《反抗者》。于次年8月回应了针对这本书的一些批评,最终导致他与萨特、《现代》杂志失和。

1953年 40岁

10月,开始筹备将陀思妥耶夫斯基的《群魔》搬上剧场。此时,妻子弗朗辛陷入了严重的抑郁。

俄国作家
陀思妥耶夫斯基

1954年 41岁

4月，为法国广播电视局录制了《局外人》的有声版本。

5月，出版随笔集《夏日》。

10月，去荷兰旅行，并喜欢上了荷兰画家伦勃朗的作品。

伦勃朗画作《最后的自画像》

11月，阿尔及利亚独立战争爆发，这场战争持续到1962年7月。为此无心写作，决定去意大利旅行。在意大利的都灵停留了三天，随后去往意大利的热那亚、米兰、罗马、那波里和庞贝等地。

12月，返回法国。

1955年 42岁

4月，前往希腊旅行。

5月，担任《快报》的记者，在这份报纸上发表了一些关于阿尔及利亚战争的专栏文章。

《阿尔及尔共和报》版面

1956年 43岁

1月18日，前往阿尔及利亚和一些老朋友碰面，随后于1月22日发表了呼吁停战的演讲。这番演说遭遇了超乎想象的攻击，人们当场朝加缪扔石头。公众对这场演说的激烈反应也终止了随后对话的可能。

2月，完成小说《堕落》。

5月，《堕落》出版。

1957年 44岁

3月，短篇小说集《流放与王国》出版。

10月17日，荣获诺贝尔文学奖。

演讲中的加缪

12月10日,前往瑞典斯德哥尔摩领奖,并发表获奖致辞。12月14日的《世界报》转述加缪的言论:"我相信正义,但在正义之前我必须先保护好母亲。"

1957年的加缪

1958年 45岁

4月,再次返回阿尔及利亚。

6月,与玛丽亚·卡萨雷斯前往希腊旅行,并在基克拉泽斯停留了一段时间。

1959年 46岁

3月,返回阿尔及利亚陪伴刚刚做完手术的母亲。

6月30日,改编的剧目《群魔》正式上演。疾病缠身却仍坚持工作,动笔撰写了自传体小说《第一个人》的片段。这部未完稿的作品最终在加缪去世后,于1994年在伽利马出版社面世。

1960年 47岁

1月4日,因车祸意外丧生。同车的米歇尔·伽利马(伽利马出版社创始人的侄子)在五天后也因重伤抢救无效而逝世。1月6日,被安葬于法国普罗旺斯大区的卢尔马兰公墓。

加缪墓碑

诗人译者 | 秦三澍

复旦大学中文系青年教师，法国名校巴黎高等师范学院（ENS-Ulm）法语文学博士，法国国家科研中心－巴黎高师－法兰西公学院"知识共和国"实验室（USR 3608）成员，巴黎高师法国当代哲学国际研究中心（CIEPFC）博士研究员。

曾在阿尔勒国际文学翻译家学院担任驻留译者、在巴黎综合理工学院讲授诗歌翻译与中国当代诗。其译著包括博纳富瓦《弯曲的船板》《柯布西耶：直角之诗》等，兼任《飞地》丛刊诗歌编辑。

个人著有诗集《四分之一浪》，作品先后获柔刚诗歌奖、《诗东西》诗歌奖、大江南北新青年诗人奖、全球华语大学生年度诗人奖、未名诗歌奖、人民文学·紫金之星奖、北京诗歌节·银质向日葵奖章等海内外文学奖项。

译者文学作品年表

著作

《人造的亲切》（2013）

《孔雀与人间诗》（2016）

《比地图更远》（2016）

《四分之一浪》（2019）

译作

《柯布西耶：直角之诗》（2019）

《弯曲的船板》（2019）

《巴黎评论·诗人访谈》（合译）（2019）

《局外人》（2025）（作家榜经典名著）

作家榜经典名著

读经典名著，认准作家榜

　　作家榜是中国知名文化品牌，母公司大星文化总部位于中国上海市。自 2006 年创立至今，作家榜始终致力于"推广全球经典，促进全民阅读"，曾连续 13 年发布作家富豪榜系列榜单，源源不断将不同领域的写作者推向公众视野，引发海内外媒体对华语文学的空前关注。

　　旗下图书品牌"作家榜经典名著"，精选经典中的经典，由优秀诗人、作家、学者参与翻译，世界各地艺术家、插画师参与插图创作，策划发行了数百部有口皆碑、畅销全网的中外名著，成功助力无数中国家庭爱上阅读。如今，"集齐作家榜经典名著"已成为越来越多阅读爱好者的共同心愿。

　　作家榜除了让经典名著图书在新一代读者中流行起来，2023 年还推出了备受青睐的"作家榜文创"系列产品，通过持续创新让经典名著 IP 融入人们的日常生活中。

名著就读作家榜
抖音扫码关注我

名著就读作家榜
京东官方旗舰店

名著就读作家榜
天猫官方旗舰店

名著就读作家榜
当当官方旗舰店

| 策　划 | 作家榜 |
| 出　品 | |

出 品 人 ｜ 吴怀尧
产品经理 ｜ 朱坤荣　杨　流
美术编辑 ｜ 董亚茹　李柳燕
内文插图 ｜ ［俄］Ilyicheva Alexandra Yuryevna
封面设计 ｜ 林　青

版权所有 ｜ 大星文化
官方电话 ｜ 021-60839180

图书在版编目（CIP）数据

局外人 /（法）阿尔贝·加缪著；秦三澍译. 成都：四川人民出版社, 2025.5. -- (作家榜经典名著). -- ISBN 978-7-220-13924-6
Ⅰ. I565.45
中国国家版本馆CIP数据核字第2025ZE0008号

统筹编辑：蒋科兰
责任编辑：张新伟

作家榜经典名著
读经典名著，认准作家榜

JUWAI REN
局外人
［法］阿尔贝·加缪 著　秦三澍 译

全案策划
大星（上海）文化传媒有限公司

出版发行
四川人民出版社（成都三色路238号）

网址：http://www.scpph.com　E-mail：scrmcbs@sina.com
新浪微博：@四川人民出版社　微信公众号：四川人民出版社
发行部业务电话：（028）86361653　86361656　防盗版举报电话：（028）86361653
上海盛通时代印刷有限公司 印刷

2025年5月第1版　2025年5月第1次印刷
成品尺寸：142毫米×210毫米　32开本　12插页　5.125印张
印数：1—6000　字数：89千字
书号：ISBN 978-7-220-13924-6
定价：45.00元

版权所有　侵权必究
（如有印装质量问题影响阅读，请联系021-60839180调换）